人文叢書

行與言

桂裕◎著

三民書局

國家圖書館出版品預行編目資料

行與言／桂裕著. ——二版一刷. ——臺北市：三民，2005
面；　公分. ——(人文叢刊:2)

ISBN 957-14-4198-8　(平裝)

855　　93023406

網路書店位址　http://www.sanmin.com.tw

© 行　與　言

著作人　桂　裕
發行人　劉振強
著作財產權人　三民書局股份有限公司
臺北市復興北路386號
發行所　三民書局股份有限公司
地址／臺北市復興北路386號
電話／(02)25006600
郵撥／0009998-5
印刷所　三民書局股份有限公司
門市部　復北店／臺北市復興北路386號
重南店／臺北市重慶南路一段61號
初版一刷　1971年1月
初版二刷　1977年1月
二版一刷　2005年1月
編　號　S 851260
基本定價　參　元
行政院新聞局登記證局版臺業字第〇二〇〇號

ISBN　957-14-4198-8　(平裝)

再版說明

桂裕教授，民國前九年生，卒於九十一年元月二日，享年一百零一歲。曾於二次大戰後赴東京國際法庭參與戰犯審判工作，亦曾在民國四十七年代表中華民國出席聯合國第一次海洋法會議，法學素養深厚，被法學界譽為國內海商法及保險法權威。曾任教於多所大學法律學系，包括臺灣大學、文化大學等校，一生教學不倦，作育英才多年，桃李滿門。

《行與言》的第一單元是桂教授遊訪歐美諸國的所見所聞，行程中，教授參訪各地的司法制度（法院、監獄等）、教育單位（大學、法學院等）、風景名勝等，除了與當地的法官、律師、檢察官、教授、故舊、教友等互動密切外，更收集了許多該地法律制度、風土民情的第一手資料，這些文獻記錄，可清楚的讓我們了解當時的社會概況與今日的法律源流，其價值可謂彌足珍貴；第二單元是對中國傳統思想中與當代法律精神相契合處加以發揚；第三單元是針對孔子的學說加以探討，並賦予新的時代意義；第四單元則是作者對言論自由與民主的闡釋。這些文字寫定雖然已有段時日，但至今讀來仍引人入勝、歷久彌新，而教授在遊程中展現的法學素養與人文關懷，使我們不僅仰止其學識，亦備感其親切。

三民書局編輯委員會　謹識

自序

曩者，每於時事有所感觸，或讀書有所心得，輒不揣愚昧，發為文字，散見於報章雜誌，或刊印成小冊，歷年累積，不下數百篇。今日按之，深愧無名世之言，可資傳述，與古人立言之旨，有不可同日而語者。茲應三民書局主人之請，將舊作四種，彙為一帙，就內涵〈訪美雜記〉及〈言論自由與民主〉二文之題意，各取一字，曰「行與言」，以名我書。行者旅行之「行」，言者言論自由之「言」，故「行與言」非「言行」之謂也。眇然一身，短短數十年中，雖未嘗為害於當世，然亦無何事業文章足以裨益於後人，夫復有何「言行」之足述哉。

民國五十九年九月　桂裕　識

行與言

【目次】

壹、訪美雜記

一、前 言

民國四十六年八月間，承美國駐華大使藍欽先生(Hon. K. L. Rankin)函邀赴美作短期訪問，當時臺大行將開學，一時無法分身，寫了一封復信，商請緩期至次年二月間成行。原擬在此期間，檢查一下身體，心理上作個準備，挨過了年，再作計較。

十月間，光復大陸設計委員會編纂委員會同仁發起往本省南部，作視察旅行，經友人慫恿，我也簽名參加。生平不慣出門，未免小題大做，鄭重其事，籌了一筆旅費（實際並未動用），打了一個不大不小的行囊，摒擋就緒，踏上征塵，也有二三親友至車站相送，珍重惜別。到了臺中日月潭文武廟山下，上坡有三百餘級，遊侶中多無意登臨，而查勉仲先生卻遊興特濃，將我一拉，說道：「公綽，我扶你上去。」我經他一提，也就跟了上去。到了山巔，免不了有些氣喘吁吁，但不隔一分鐘，便平復如常。晚間回招待所進膳，飯量頓增一倍。興盡北返，同仁們個個覺得年輕了十歲。

經過這番考驗，平添了不少勇氣，覺得自己還不真正衰老，美國之行，非不可以如期完成。「五十不在家，六十不出遊」，前人雖不我欺，但五十六十之間，還是一尷尬局面。若說不行，則如我年齡之人，既不可在家，亦不可出遊，不知該置身何地；若說可行，則既宜出遊，亦宜在家，可謂動定咸宜。我就不再躊躇，決定利用年假，完了此段「公案」。

主意已定，即與美國文化參事侯傑先生 (Philip G. Hodge) 磋商，可否變更原議，提前赴美，期於耶誕以前趕到，湊個熱鬧，較有意義。承侯傑先生立即電美國國務院徵得同意。於是倉卒辦理出國手續，草草作個準備，於十二月十六日上午，自臺北松山機場，搭西北航空公司班機出發至東京，更換泛美公司飛機，經威克島、約翰斯敦島 (Johnston Island)（因飛機損壞，被迫南飛，降落該島，羈留十二小時）、檀香山、舊金山、芝加哥而達華府，時間是十二月十七日晚十一時（臺灣時間為十八日午），國務院第二分處 (State Department Annex II) 的畢滋先生和夫人 (Mr. and Mrs. John R. Bietz) 在維基尼亞機場相迎，送我至十九街總統旅館休息。

時屆歲暮，各方人士都忙於渡假過年，我也興致甚好，往紐約、新澤西、馬利蘭各地訪友拜客，倒也沒有一天空閒。過年以後，與國務院商定節目日程，復自華府出發，去康內底克、麻薩諸塞、紐約、伊里諾、密希根、科羅拉多、加利福尼亞、阿利桑那、猶他、新墨西哥、德克薩斯各州，沿美國中部外圍，繞了一圈。

本年二月間，又奉政府令派出席在日內瓦舉行的聯合國海洋法會議，遂於二月十七日（陰曆除夕），自紐約搭瑞士航空公司飛機，渡大西洋至日內瓦。逗留二月後，復於四月二十九日自日內瓦出發，赴德國、比國、荷蘭、英國、法國、義大利、希臘等國觀光。事畢，經由貝魯特（Beirut，黎巴嫩首都）、伊斯坦布爾（Istanbul，土耳其舊都）、曼谷（Bangkok，泰國首都）、喀拉基（Karachi，巴基斯坦港市）、喀爾各答（Calcutta，印度港市）、香港回國。自上年十二月十六日上午出門，至本年六月十六日下午回臺，在外流浪了整整六個月。

回國時，親友相見，有的說我胖了一些，有的說我瘦了一些，所見不同，生平好避現實，未去過磅，想來身重既未增加，亦未減損。對鏡自照，頭上雖添了幾根白髮，而上床就寢，胸中卻減了一段心事，也還不失平衡。我唯一的收穫是在旅途中多見了一天的天日，多生活了二十四小時（嚮日東行，每過一經度，時間縮短四分鐘，三百六十度，共積餘二十四小時；背日西行，反是），如是而已。所以有人問，「閣下此行收穫一定不少？」我只能答以「慚愧，慚愧。」

二、大同小異

訪問和考察原是同樣一回事，然有一位好辨文義的朋友卻說，訪問重在會友，考察重在研究，二者不同。但無論訪問或考察，總不能沒有一二目標。我的目標有二：⑴考察法律教育；⑵研究實際司法狀況。英美的司法制度與吾國不同，我欲從相異之處，尋求其相同之點；歐洲大陸的司法制度與吾國類似，我欲從相同之處，尋求其相異之點。其實所謂「同異」，「異同」，也不過是一種說詞，倘我遇見美國朋友，專指出彼此不同之點，言語便格格不入；倘我遇見歐洲朋友，專論彼此相同之點，談話也就索然乏味。從事國民外交，亦不能沒有一套外交詞令。

我在美國參觀法院、學校後，有人問：「閣下對於中美兩國的法律制度，發現有何不同之處？」我答道：「我發見相同之處多過於相異之處。因為人類喜怒哀樂之情同，故法律亦不大異。所不同者無非是一些方式問題，一些枝節問題而已。」

一月九日晚，波士敦婦女律師公會舉行月會，會長柯柏夫人 (Mrs. Elsie Cooper) 邀我列席，除由一位薛爾士先生 (Samuel P. Sears) 作專題演講外，也請我以來賓資格講幾句話。我的講詞大旨如下：

我從遠方臺灣來至美國，路上常遇到熟識的朋友，相見之下，歡然道故，說道：「世界真是小得很啊！」(The world is small.) 這話可作兩面解釋：⑴世界很小，人與人間接觸頻繁，我們必須親愛和好，以求共存共榮；⑵世界太小，走來走去總遇到我們所不樂意相見的人，希望他日能到火星金星上去居住，才見清靜。後一解釋當然不對，否則，相見之下，何必握手並親切地說這樣一句話。可是這話裏卻寓有一個深意：如今交通便利，距離縮短，世界確乎比前小得多了，人與人間一定要進一步做朋友，不可彼此敵視。倘我們的左右鄰居盡是敵人，試問我們還能在這個所在居住下去嗎？

無可諱言，人間還有許多隔閡，不能調和。種族，國界，言語，習俗，偏見都在作祟，阻止人與人接近，進而成為朋友。其實，人性相近，倘能開誠相見，便會發見他人與我，正是絲毫無異，愛他敬他，反過來，他也會愛你敬你。當此原子時代，危機已臨頭上，而世界又是如此之小，若不團結圖存，終必共趨滅亡。

在法律方面，亦然如是。甲地商人到乙地去做買賣，或乙地商人到甲地去做買賣，彼此都不能信任當地的法律。契約以雙方當事人意思表示一致而成立，歐美如此，別處也是如此；合法成立的契約必須履行，歐美如此，別處也是如此；詐欺竊盜必受法律的制裁，歐美如此，別處也是如此。無論在最文明的都市或在最落後的鄉村，凡有社會組織的地方，總有如此一套的法律，這是天定而非人為的。各地的法律，實質上都沒有不同，所異者，不過一些方式問題，一些枝節問題。世界上沒有全善全美的制度，倘我們學法律的人，真能打破成見，大家走近一步，在枝節方面，研究如何調和齊一，有一天，甲地商人在乙地，依甲地的法律做買賣，恰似乙地商人在甲地，依乙地的法律做買賣，一般無二，那時，人與人間便除去了一重莫大的隔閡，相處必更為幸福。這是不可能的嗎？試觀在海商法方面，半世紀以來，各國互相協議，成立許多統一的公約，避免了不知多少摩擦。可見調和各國法律，以確保世界和平，事非不能，要在人為而已。

中國現代的法律從歐洲大陸制，大體與德瑞的法律相似。各位去歐洲旅行渡假，如覺其地法律保障周全，心境泰然，那末，他日到臺灣去，也同樣會覺得保障周全，心境泰然。倘歐洲大陸的法律與英美的法律，在實質上並無特殊的不同，那末，中國的法律在實質上也與英美的法律並無特殊的不同。

中美兩國邦交素篤，民間都深重友情，希望他日各位到中國去遊玩，信任中國的法律正似我今日信任美國的法律一般，一定會覺得賓至如歸，身心愉快。

三、警察與法官

警察和法官總是不受人們的歡迎，中外都是如此。為什麼呢？因為他們有權指摘他人的過誤，而他人卻沒有權指摘他們的過誤，以其地位優越，所以被人視若異類，望而生畏。過去在國內，嘗見小販在街頭違章設攤，警察前去取締，一言不合，便將其攤頭踢翻。小販妨礙交通，固然是違法，而警察毀損民物，亦是違法，但我們只聽人說小販違法，卻沒有聽人說警察也違法。法官在法庭上教訓當事人，儼然是一位聖人。英國小說家蒙門 (W. Somerset Maugham) 說：「我聆法官當眾訓示道德，離世絕俗，常想去在他的案桌上，置放一疊便紙，提醒他，當法官的還不過是世俗一般的人。」但是，話得說回來，他們也有苦衷。警察在一個時期內倘沒有抓住一些犯人，法官在一個時期內倘沒有處罰一些犯人，便會被人指責為「有虧厥職」。

一月十日清晨，我自劍橋搭車往波士敦去參觀市法院，由一位警員引導去見院長艾德魯君 (Chief Justice Elijah Adlow)，寒暄後，縱談中美法律的異同和得失，非常投契。艾德魯君將其所著《警察與人民》(*Policemen and People*) 一書相贈，說道：「波士敦的警察與別處不同：他們不僅是執法人員，同時也是『公共關係』人員(Public Relation Men)；他們不僅是警察，同時也是法官……要之，他們所幹的事，大部份是站在人民方面，而非站在官廳方面。波士敦的社會秩序靠警察維持，不是說，靠警察每天抓幾個人犯來，使法院有公事可辦，而是說靠警察指導民眾，排解糾紛，減輕司法方面的負擔。」如此這般，滔滔不絕，談了約一個鐘頭。隨後，有一位警員來帶我乘電梯下樓到解送人犯的院子，從囚車而候審室，跟著進預審室(Arraignment)，再跟著進正式法庭，至判決後押回為止，一節一節，解釋給我聽，說得頭頭是道。在短短一二小時內，我好像已做過犯人，警察，法官三種人，堪謂「飽閱風霜」。

我在刑庭聽一位法官審理十幾件案子，都未行陪審，其中一件的案情是：被告喝醉了酒，捲了僱主的八百元潛逃。訊據僱主云，失款已償還半數，其餘半數亦已約定分期歸還，被告平日為人尚稱忠厚，原其初犯，並為保全其前途計，不欲追究。被告自認有罪，聽候法院發落。法官即宣告被告為有罪，但沒有科刑（意即緩刑），隨即邀被告及其妻子並告發人（即僱主）上前，當庭磋商善後問題，並勸告被告嗣後勿再狂飲，謹慎為人。各方聆此都非常感激，與法官握手致謝而退。我對那位法官說，「先生處置此案，可謂平穩之至，此人以後可保不再犯罪。從整個社會利益著想，與其破壞一人的前途，總不如保全之為愈。」他答道：「我們審理案件，原是抱此態度。」我又說，「據我觀察，這裏犯罪的最大原因是在酗酒。倘美國人喝酒時知道節制一些，犯罪事件便可減少一半。」

他答道：「對的，可是我們不禁酒不好，禁了酒更不好。這個問題至今還想不出一個對策呢。」

我因欲明瞭美國司法的實際情形，故特別注意於第一審法院的審判，曾在各地地方法院，市法院，少年法院旁聽多次，發見法官問案，總是心平氣和，有人情味，而不拘形式。法官有穿法衣的，有不穿法衣的，各院並不一致，甚至在同一法院亦不統一，在舊金山法院，男法官都不穿法衣，而僅有一女法官穿法衣。據說有一番道理：

（一）法官穿法衣　因為法官在審判時是代表法律（也有人說是代表國家），非穿法衣，不足以示司法之尊嚴。

（二）法官不穿法衣　因為法官雖代表法律，但仍不失為一普通人，為人立法，因人用法，不穿法衣，以示法律不離人情（瑞士法官亦不穿法衣）。

（三）女法官穿法衣，男法官不穿法衣　因為男性剛強，女性溫柔，男法官脫去一件法衣，可稍抑其秋肅，而女法官加上一件法衣，卻可稍增其剛毅。

在某地法院，我曾冒昧對一位已做了祖母的女法官說：「您穿上法衣，完全是一位法官，不是一位母親了。」(With this robe on, you're more of a judge than of a mother.) 她駁我道：「我穿上這件法衣，依然是一個母親。」(No, I'm no less a mother in spite of this robe.) 接著她又對我說：「我們辦案，要依法理，合人情，解決問題，不呆守形式。穿法衣或不穿法衣，倒是無關閎旨的。」

美國法官審理刑事案件，對於被告，總是多方保全，使能重新做人。判決後，法官與被告握手，或與之磋商生計問題，事所恆見，而一般觀感，不但不以為有損司法尊嚴，反而增加對法院的崇敬。此蓋受基督教：「主來救世，非為懲罰」的教旨之影響，與我國古訓「祥刑」之義，彷彿相合。

一月三十日晚，舊金山律師公會新當選的會長約翰生夫婦 (Gardiner Johnson) 在博希街密爾大樓二十一層樓律師公會舉行雞尾酒會，招待會員，邀我去參加。席間，遇見一位貝克先生 (Laurence Baker)，一杯在手，笑容可掬，拍著我的肩膀，說道：「桂法官，你當日在法庭上一定是一位很嚴肅的法官，常常訓斥律師，可不是嗎？」我答道：「我倒確乎有些是如此，但你從那裏得來這副慧眼 (retrospective eye)，能看得如此之遠啊？」他說：「我們一談到法院，你的臉就沉了下來，所以，我知道你很嚴肅。」我答道：「如此說來，你倒是比我更強的一位法官。」(意謂他能判斷他人的性格。) 接著有一位女律師走過來閒話，他又問：「你喜歡女律師嗎？」我答道：「是啊，從前我當法官時，特別歡迎女律師出庭，藉以調劑我的嚴肅 (to soften my sternness)。」彼此一笑，不以為怪。

四、陪 審

年來國內法界人士對於外國的陪審制度深感興趣，時斷時續，有人發表高見，主張採行此項制度，使人民參預審判，以免法官專斷，且現制施行已二、三十年，亦宜一新面目。筆者二十餘年來所事工作，沒有一天與司法脫節，對於這個問題，自亦關心。此次出國，曾參觀後列法院，於陪審程序，特加注意，以事比較：

（一）美國　哥倫比亞特區市法院及少年法院，波士敦高等法院及市法院，芝加哥柯克區 (Cook County) 市法院，舊金山高等法院及市法院，丹佛 (Denver) 少年法院，臺拉斯 (Dallas) 聯邦法院、高等法院、市法院、及少年法院。

（二）歐洲　瑞士日內瓦地方法院，德國漢堡高等法院及地方法院，法國巴黎最高法院、高等法院及地方法院，英國倫敦上訴法院、高等法院及中央刑事法院。

陪審制度大概可分為二類：⑴由陪審團 (Jury) 審認事實，由法官裁斷法律，此為英美制；⑵由法官及陪審員共同審判，取決於多數，此為歐洲大陸制。後者亦稱為「參審制」。

依英美制，無論民事刑事，原則上都行陪審，但民事及輕微刑事得由當事人聲明拋棄。依歐洲大陸制，普通刑事行陪審，輕微刑事得不行陪審，民事則全不行陪審。（此係就個人觀察所及而言。）

當初歐洲各國所以要行陪審制，因為法官是君主的代表，施行君主所頒布的法令；統治者與被統治者對立，法官不克盡保障民權之能事。迨民主意識發揚，人民要求參預審判，以遏制政府專橫，乃行陪審制。但現代民主國家，司法獨立，法官行使職權，不受任何干涉，國家與人民合為一體，利害不相衝突，陪審制已失其存在的理由。美國有幾州的法官是由人民選舉，瑞士亦然，所以現代的法官便是人民的代表。以人民代表辦理人民的事件，所適用的又是人民代表所制定的法律，而且審判公開，眾目昭彰，如是而再加入人民代表參預審判，不但無助於司法之效能，反成為制度上之贅疣。

美國陪審制雖為其司法程式上必要之一項，但已不若往日之受重視。在波士敦，嘗見法官於預審時訊問被告，「你願受法院審判，抑願受陪審團審判？」十之八九答稱：「願受法院審判。」聲明受法院審判者，即不行陪審程序，其事可迅告解決。民事如當事人不為請求，即不行陪審。

一月九日晚在波士敦婦女律師公會月會席上，薛爾士先生作專題演講，抨擊美國的陪審制，體無完膚。他說，為了一件標的約二十五元的賠償事件而行陪審程序，國家卻要負擔五百多元的陪審費用（陪審員每日日費約七元並供膳宿），實太不經濟，而陪審員自己的時間及事業所受之無形損失，還不計算在內。（美國憲法修正案第七條規定，民事標的在二十元以上者得請求由陪審團審判。）

翌日在波士敦市法院晤見院長艾德魯君，談及陪審問題，我問：「設閣下為中國政府的顧問，而中國現將採行陪審制，尊見以為如何？」他不加思考遲即答道：「不可，若法官素質優良者，陪審制絕無必要。」顧美國法界的意見亦殊不一致。在臺拉斯地方法院遇見一位法官，不待我詢問便說道：「美國司法的精神寄存在陪審制。」

英美國家重視法律傳統（tradition）。英國法院開庭時，法官，書記官，律師，一律服黑色法衣並戴白色假髮。審理刑事大辟案件，法官還要穿上紅袍。

英國重視傳統，甚至連一個久已失去了意義的法律名詞，也不輕易廢棄。法院建築古舊，只加修繕，而不改樣。依他們的看法，傳統便是法律；傳統一變，好像法律的基礎便會動搖。美國雖不如此保守，但亦不輕易變更傳統。所以，對於陪審制，英美有識人士雖多表示不滿，但礙於傳統，決不會迅即廢止。所謂美國司法的精神寄存在陪審制，理由蓋在於是。

法律是社會的安定力，無論是否出自傳統，總是不宜多所更張。韓非子不信「法古」，卻主張「定法」。法國至今仍沿用一百多年前的《拿破崙法典》。近年歐美物質文明有長足的進步，而典章制度則不標新立異，一變再變。因為法律不變，社會安定，所以國家才能進步。譬如作戰，前鋒天天推進，而總司令部必不輕易搬家，惟有總部安如磐石，前鋒才能節節前進。但這也不是說法律全然不可變更，法律之變，要待時代已推進到非變不可之時，然後才可緩緩轉變。易言之，要待現行制度已不足形成後一時代的安定力時，法律才可一變。

五、法官的待遇

筆者在各地法院訪問時，每詢及法官的俸給。我作解釋道：「初次會見，便問及法官的收入，似乎有些唐突，但是，請您不要見怪，法官待遇的高下，與司法效率的好壞，成一正比，這是一個有關司法的重大問題，我要搜集資料，帶回國去，給政府作參考。我還希望有一天能專為調查這個問題，遍訪全世界各地的法院，比較當地物價指數，作成詳盡準確的統計報告，供給各國司法當局作參考。」話雖如此，可惜我所到的地方不多，時間有限，收穫極少。有時不便詢問，有時漏未詢問，有時忘卻記入手冊，回憶起來，已經模糊。現姑將一些殘缺不全，且亦不甚準確的數字，錄在下面，無非使讀者得一概念而已：

（一）美國華府哥倫比亞區少年法院法官年俸美金一萬七千五百元。

（二）美國聯邦地方法院法官年俸美金二萬二千五百元，院長年俸美金二萬三千元。上訴院法官年俸美金二萬七千五百元，院長美金二萬八千元。（嗣據美國全國律師公會函寄法官官俸表載：上訴院法官年俸美金二萬五千五百元，數字略有不同，其中或另加辦公費津貼。）

（三）美國聯邦最高法院法官年俸美金三萬五千元，院長美金三萬五千五百元。

（四）美國波士敦（麻薩諸塞州）市法院及州地方法院法官年俸美金一萬九千元，院長美金二萬元；州最高法院法官年俸美金二萬二千元，院長美金二萬三千元。

（五）美國丹佛（科羅拉多州）少年法院法官年俸美金九千五百元。（嗣據其書記官長函告，自本年度起增為美金一萬一千元。）

（六）美國舊金山（加利福尼亞州）市法院法官年俸美金一萬六千五百元，州高等法院法官年俸美金一萬八千元；州上訴院法官年俸美金二萬一千元，院長美金二萬二千元；州最高法院法官年俸美金二萬三千元，院長美金二萬四千元。

（七）美國臺拉斯（德克薩斯州）地方法院法官年俸美金一萬二千元，州上訴院法官年俸美金一萬六千元，州最高法院法官年俸美金二萬元，少年法院比照地方法院，其院長年俸另加美金一千五百元。

（八）瑞士日內瓦地方法院法官初任月俸一千二百瑞士弗朗，高等法院法官月俸約二千弗朗，最高法院法官月俸約二千五百弗朗（約四弗朗折合美金一元）。

（九）德國漢堡地方法院法官月俸約一千五百馬克（約四馬克折合美金一元）。

（十）法國巴黎地方法院法官月俸約七萬至九萬弗朗（約三百五十弗朗折合美金一元）。

（十一）希臘雅典地方法院法官月俸約六千特拉可馬（約三十特拉丁馬折合美金一元）。

美國各州法官的待遇並不一致，但年俸至少在美金一萬元以上；聯邦法官的俸給劃一，且較州法院法官之所得為略高。一九五四年國會法官官俸委員會提議，將聯邦地方法院法官的年俸自美金一萬五千元增至美金二萬七千元，上訴法院（巡迴法院）法官的年俸自美金一萬七千元增至美金三萬五千元，最高法院法官的年俸自美金二萬五千元增至美金三萬九千五百元（此案於一九五五年通過，數額略減少，如上列二、三兩項所載）。此案提出後，輿論一致響應，認為此項增加支出，實屬必要，且為納稅人所最樂意負擔者。

據說，英國最高法官的官俸比首相的官俸為高。但在中古時期，最高法官的年俸僅四十鎊，嗣發生法官瀆職情事，遂提高其待遇。法學家石恩 (John Maxcy Zane) 評云：「英國受慘痛之教訓後，始知法官官俸之不得不特予提高也。」

歐洲各國法官的待遇，較英美為差。德、瑞、荷、比等國的司法風氣尚不惡，但在法、義則不無詬病，然以法官所得與當地物價比例計算，其俸給尚較吾國在對日戰爭前推事之所得為高。

法官為直接親民之官，掌握人民之生命財產，職權綦重，非優其待遇，不足以養廉。法律之行，重在立信。商鞅甚至樹木以立信，以示法在必行，秦國因以強盛。所以法信是國家的至寶，法官若不知珍惜法信，其嚴重尤甚於盜賣國寶，因為盜賣一件稀世珍品，所失不過一物，無關國家治亂，若盜賣法信，便會動搖國本，攸關存亡。

改善法官的待遇，不是偏愛法官，而是珍惜法信，不是加惠法官，而是穩固國本。英美各國法官之待遇特優，因之，司法健全，社會安定，國家強盛。自古未有法不行而國致治者。提高法官待遇，確立法信，或亦為治亂世之要圖乎？

六、學術自由

筆者在國外，除訪問各級法院外，還參觀了不少學校。在美國我所到過的學校有：⑴耶魯大學法學院，⑵哈佛大學法學院，⑶密希根大學法學院，⑷西北大學法學院，⑸芝加哥大學法學院，⑹芝加哥康特法學院，⑺丹佛大學法學院，⑻司丹福大學法學院，⑼加利福尼亞大學法學院，⑽赫斯定斯法學院，⑾美以美會南方大學法學院，⑿美國大學；在歐洲所到過的學校有：⑴瑞士日內瓦大學，⑵德國法蘭克福大學法學院，⑶德國波恩 (Bonn) 大學法學院，⑷德國漢堡大學法學院，⑸英國倫敦大學，⑹英國牛津大學，⑺法國巴黎大學法學院，⑻希臘雅典大學法學院。

我參觀各學校不僅在看其建築如何壯麗，設備如何良好，藏書如何豐富，而尤重在與教授們會晤，交換意見。

在物質建設方面言，臺灣大學與歐美大學比較，還不失為一所很像樣的大學。美國規模較小的學校，還不如我。歐洲一般大學的氣派雖宏偉，而內部已陳舊，不若美國學校那樣整齊清潔。

美國著名的法學院，如哈佛、耶魯等，論其建築及設備，可容納學生數千人，但現僅收學生五六百名。芝加哥康特法學院，僅有教室三間，學生二百名（女生占十分之一），分日夜班上課，學費每期美金二百元，教授大多為專任。據告學校每年在每一學生身上要賠貼美金約一千五百元，賴私人捐助，以為彌補。丹佛大學法學院亦僅有教室四間，學生三百名，分日夜班上課，學費每年（九個月）美金五百五十元，教授大半為兼任。歐洲大學的法學院，招生較多。雅典大學法學院現有學生五百餘名。外國辦學，無不賠本，或出諸政府補貼，或出諸私人捐助，沒有在學生所繳學費項下，撙節一部份，移作建築校舍或增添設備之用。教育是社會事業，應由社會共同負責，若在學費上剝削，則學生所得的教育就無形中打了一個折扣，無異叫今天的學生負擔後代教育的責任，而受損者還不是後代？

我在各法學院，除與教務長教授談話外，偶亦去教室聽課。在耶魯，曾聽基斯勒教授 (Prof. Kessler) 講授保險法；在哈佛，聽高德南教授 (Prof. Gardner) 講授海商法；祁敦教授 (Prof. Keeton) 講授侵權行為法 (Torts)；在司丹福，聽薩門教授 (Prof. Thurman) 講授侵權行為法；在漢堡，聽杜勒教授 (Prof.

Dölle) 講授親屬法;在巴黎,聽佛列雅維教授 (Prof. Fraja ville) 講授動產質權 (Pledge)。我所注意的是教學方法。

在德國,據蒙赫教授 (Prof. Münch) 告知,德國大學注重考試,而不約束學生上課,此之謂「學術自由」(Academic liberty)。在希臘,據克利斯比教授 (Prof. Krispis) 告知,教授在課題範圍內有發表任何意見之自由,此之謂學術自由。前者是指學生聽課的自由,後者是指教授講學的自由,我沒有研究過教育原理,不知孰是孰非。

就一般教學法而言,歐美顯有不同。美國大學採討論制,工作的重心在學生身上;歐洲大學採演講制,工作的重心在教授身上。有一位德國教授表示,他們的教學方法太呆板,不若美國的討論制之自由。

依我個人的見解,願否從事學術工作是各個人的自由,不能勉強,但既已進了學校,就得接受紀律,否則不但浪費自己的光陰,且亦辜負了學校施教的苦心。所謂學術自由,應該是指講學自由,而非指聽課自由。

研究學術,不問科目為何,總有兩個步驟:⑴約束思想,使上軌道;⑵解放思想,而「不踰矩」。教育家做的是第一步功夫,哲學家做的是第二步功夫。孔子學不厭而教不倦,畢生在學,也畢生在教。他自十五至四十是做的第一步功夫,自五十至七十是做的第二步功夫。現代學校有的一時做一種功夫,有的同時做兩種功夫。年來臺灣大學法學院於授本國法外,兼授幾門英美法,使學生知道,除本國法外，還是別有天地，發掘無盡，這便是同時試做兩種功夫。學術工作，是指思想從散漫中求約束，再從約束中求解放，兩個步驟而言；前者言摹仿，後者言創造，二者缺一，便非完全的大學教育。不談學術則已，若談學術，則其條件固綦嚴，遠不若吾人所想像之自由也。

七、人生開始在六五

一月七日晨，劍橋彤雲密布，寒風凜冽，在哈佛進修的李志鍾同學，披了皮大氅到司令旅館 (Hotel Commander) 見訪，略談後，即陪我到大學迎賓處 (University Marshal's Office)，在來賓簿上簽名。下午，依校方所定的節目表，到蘭德爾堂 (Langdell Hall) 晤國際法學研究所的金祕書 (John A. King)，由他陪同去見龐德博士 (Roscoe Pound)。龐德博士是已告退的哈佛法學院老院長，著作等身，桃李滿天下，曾一度充任吾司法行政部顧問。舊雨重逢，彼此都覺得分外愉快。他高齡八十六歲，但精神矍鑠，仍在哈佛圖書館借了一間辦公室，埋頭苦幹。談話中他問及謝冠生院長和許多在中國的老朋友，表示關懷。承他送我幾本一九五五年至一九五七年間的新作和講稿。因為金祕書預先關照，龐德博士年老，不宜和他多談話，所以三十分鐘後即告辭，他送到門口，吩咐金祕書帶我去參觀龐德堂，這是一間為表揚龐德對哈佛的勞績而特設的紀念堂，布置堂皇精美，現充作會議室。晚間回旅館，一女侍知道我來自中國，問我是否認識龐德博士。我答道：「認識的，我們在早上會見過。」

她說：「他和他的夫人便住在這旅館的三樓，你得便可再去陪他們談談。」可是我在劍橋只住四天，每天都是很忙，雖同住在一所旅館，竟再也找不出一個適當時間，去訪問他們一下。

一月八日晨，劍橋積雪六寸，我踏雪去哈佛拜訪院長葛列斯武先生 (Dean Erwin Nathaniel Griswold)，談了一些關於交換學生的問題，旋即與十幾位教授晤見，他們所擔任的課程，都是與我所研究的項目有關的，其中有一位高德南教授 (Prof. George Knowles Gardner) 擔任海商法，我聽了他一堂課，學生僅七、八人。中午高德南教授邀我在教授俱樂部同進午膳。他告訴我，他年已六十五歲，依羅斯福總統的新辦法 (New Deal)，今年暑期，便要退休。

我說：「先生身體健好，在吾國，六十五歲正是教書頂好的年齡，倘先生肯犧牲一些，將來自哈佛退休後，前去臺灣，我們正將歡迎不暇。幾年前有一位八十多歲的老醫師，自美去臺，辦了一所小型的醫院，給人義務治病，整天忙不過來，他在臺灣重得了生命。」

在哈佛大學，人生結束在六五。

一月二十四日，我到舊金山。二十九日上午，去參觀赫斯定斯法學院 (Hastings College of Law)。這所學校開辦迄今已七十八年，創辦時經州議會通過法案，作為加利福尼亞大學的一部，畢業生由加大授予學位，但加大自設法學院，曾為了加大是否有權授予學位一事，打過一場官司。該校因為自己沒有校舍，七十多年來，搬了十五次家，平均每五年搬家一次，曾借用開墾館 (Pioneer Hall)、理學院、市政廳、教堂、醫學院、州政廳等等。迨現任院長斯諾德格拉斯 (Dean David E. Snodgrass) 於一九四〇年接辦後，經他慘淡經營，才於一九五三年建成一所立體、書架式、極摩登的大廈。現有學生二百名。專任教授十位，平均年齡為七十四歲。

斯諾德格拉斯院長現年六十三歲，是教授中年齡最輕的一人。他在額上戴了一副遮陽罩，跳跳蹦蹦，恰像一個孩子，陪我去見各位教授，過後還對我說各教授對我的印象都非常好。現將幾位教授的大名開列於後：

（一）葛來恩 (Judson Adams Crane)，七十三歲，前比茲堡大學法學院院長。一九一一年至一九一四年，曾任天津北洋大學教授，自稱為「中國通」(Old China Hand)。

（二）伏爾德 (Laurence Vold)，七十一歲，前內布拉斯加大學法學院教授。

（三）范森 (Merton L. Ferson)，八十二歲，前辛辛那帝大學法學院院長。

（四）佛列善 (Everett Fraser)，七十九歲，前明尼蘇達大學法學院院長。

（五）馬克屏 (James P. McBaine)，七十六歲，前密蘇里大學法學院院長。

（六）普格脫 (George G. Bogert)，七十四歲，前康乃爾大學法學院院長。

（七）柯克斯 (Albert Brooks Cox)，七十二歲，前執行律務。

其他年在七十以下的「老青年」，恕我不一一介紹。這些教授組織一「六五俱樂部」，也就是赫斯定斯的教授會 (Faculty)。

他們的口號是「人生開始在六五」。

斯諾德格拉斯院長講一段故事給我聽：「不久以前，接到東部某法學院的一位教授來信，說道，他現年六十三歲，兩年後便要退休，但仍希望在學校方面繼續效力，詢問這裏有無機會，我復了他一封信，說道：『閣下年事太輕，還不能擔任這裏的工作呢』，弄得這位教授啼笑皆非。」他轉過來對我說：「桂教授，不論你的學問怎樣好，依你的年齡，還只可在這裏唸唸書呢。」我答道，「我真希望有這樣的一個機會呢。」接著我就將在哈佛時和高德南教授所談的一席話，轉講給他聽，他便將高德南教授的姓名記入一本小冊子裏。

這種情形，不但在大學是如此，就是在法院方面也是如此。華府市法院的司各脫法官 (Judge Armond W. Scott) 和臺拉斯聯邦法院的艾德威爾法官 (Judge William H. Atwell)，都是已經退休，但仍捱著在法院裏辦幾件不相干的案件。年輕的同事們在背後提到他們，必加上一句「他們已經退休的了」。(聯邦法院的法官是終身職，所以退休後還可在法院裏辦一些事。)

美國現行強制退休辦法，對於工商業及勞動界，不能說不是一件德政。但知識份子過的是精神生活，對於他們是否也可適用，殊成問題。這種辦法的原意，在調節職業分配，預防失業，使老年人快快讓位，少年人早早出山。但在老年人看來，所謂「退休」還不是一種變相的失業，且以法律強制執行，退休後再也找不到工作，直將其生路完全斷絕，未免有些殘酷。雖云退休者享有養老金，不會餓死，然人生的意義不僅在生存，而要在社會裏占一地位，盡一份力量，非如此，便生活不下去。我在歐洲遊歷時，遇見好幾位已退休的美國人，精力無所用處，便在旅行中求生活，談起來，都覺得苦悶。

愛默生 (Ralph Waldo Emerson) 說：「非至其人已無事業可言時，我們斷不計算其年齡。」(We don't count a man's years until he has nothing else to count.) 現美國若干學校對於教授也行強制退休制，給與一筆優厚的養老金了事，這無異是贈予他一口玻璃棺材，說道：「這是你過去勞績的報酬，也是你的歸宿，權且留著，以備隨時應用罷！」

八、大瀑布

一月十一日，自波士敦飛往勃弗洛 (Buffalo) 的尼阿格拉瀑布 (Niagara Falls)「渡假」。時正隆冬，雪花飛飄，下機後乘汽車行三十哩至瀑布區，投宿紅輿飯店 (Red Coach Inn)。這是一家古色古香的旅館，精緻整潔而溫暖如春。安放行李後，即向賬房問明路由，循聲踱步至水邊，觀賞名聞寰宇的大瀑布。天氣雖嚴寒，但仍有數十人圍集其間，我亦參加在內，縱目眺望，見一片洪水結集在高原，爭先恐後，自峭壁缺口間傾瀉下注，水沫飛濺，勢甚洶湧，「掛流三百丈，噴壑數十里」，怵目驚心。惜在美國方面僅能見其一角。因護照留在大使館辦理赴歐簽證手續，未曾攜帶在身，故不能憑以過橋至加拿大方面，一窺全貌，引為憾事。

晚膳後，依旅館主人的指示，往鹿納島 (Luna Island) 觀「新娘兜紗」(Bridal Veil)，地上積雪，一步一滑，行人絕跡，無從問路，竟找不到一個適當的地點，知難而退，仍回到日間站立過的斜角欄干畔，總算還看到這幕奇景。所謂「新娘兜紗」，原來是從加拿大一邊以十三億三千二百萬枝燭光的五色電光，映射在瀑布上，飛彩凝輝，猶若新娘的披紗。

第二天（一月十二日），星期日清晨，照例做完晨禱後，託由賬房接線，與附近的聖保羅堂戴維牧師 (Rev. Richard G. Davey) 通電話。我說道：「懇請你幫助我兩件事：⑴我想到聖保羅堂做禮拜，只是不認識路，可否在教友中請一位弟兄帶領我一下；⑵我在今天下午一時便要離去，還沒有看到瀑布的全景，可否請一位弟兄帶我去鑑賞鑑賞。」戴維牧師答道，他在半小時內，派車來接我。果然，不到半小時，副牧師賴勃先生 (Rev. Harold K. Rabb) 駕車來訪，通過姓名，便請我上車，先去瀑布左近遊覽一周，然後同去禮拜堂，因時間還早，領我到樓下訪問幼年主日班，見小朋友們一簇一簇，圍坐在矮圓桌旁，每組有一位老師領導，唱歌講話，活潑天真，甚為可愛。賴勃牧師給我介紹，大家說了「海囉」，小朋友們便嘈雜起來，有的問我，「臺灣在那裏？」有的問我，「你喜歡美國嗎？」有的問我，「中國字是怎樣寫的？」應接不暇。我答道：⑴臺灣在美國西岸對面，我們是鄰居；⑵中國人愛美國人正像美國人愛中國人一樣；⑶英文字是橫寫的，中文字是直寫的，你寫一行英文 Jesus Christ，我寫一行中文「耶穌基督」，便構成一個十字架。鬧了一陣，我們轉到大禮拜堂去做禮拜，由戴維牧師證道，題目是「在主的名義上」(In His Name)，要旨是指陳現代軍事準備及好戰心理之非是。

禮拜後又與戴維牧師談了一回話，便由柯先生和夫人 (Mr. and Mrs. E. H. Coe) 邀去女青年會午膳。膳後，復由柯先生駕車，帶我到鹿納島，山羊島 (Goat Island) 等處看瀑布，在其地拍了幾張照。另有風穴 (Cave of Winds) 須搭電梯下去，霧女 (Maid of the Mists) 須乘船，冬令都不開放，不能一飽眼福。柯先生買了一張當天的日報，指給我看一則新聞，說有一塊四萬噸重的懸岩，已見裂痕，快要坍下去，警告遊客們小心。在此世外桃源裏，這是一項轟動社會的頭條新聞。

柯先生是一位化學工程師，據告，因年老畏寒，不久將遷到佛羅里達州 (Florida) 去居住。他們帶我到一個島上，看他們的住宅，因時間已迫，略坐片刻，隨即駛車送我上飛機場。

我和戴維牧師，賴勃牧師，柯氏夫婦都是素昧生平，也沒有經人介紹，然彼此一見如故，非常親切，如有所求，無不盡力相助。若有人問，基督教的精神何在?我要舉這一則故事以為說明。

九、福特汽車廠

一月十二日下午四時自勃弗洛搭飛機，沿意利湖 (Lake Erie) 西南行，六時一刻到底特律 (Detroit)。時已黃昏，飛機在上空盤旋，地上燈光，萬紫千紅，猶若春間原野中叢生的杜鵑花，燦爛悅目。降陸後，乘汽車入城，歇於督勒飯店 (Hotel Tuller)。

翌晨，外賓聯合招待處的艾根生女士 (Mrs. Atkinson) 告知，已為排定節目，上午參觀福特汽車廠，中午由威尼大學 (Wayne University) 的曹家騄（字萬里）教授邀宴，晚間由段爾醫師 (Dr. John Derr) 邀宴。十時許，艾根生女士駕車陪同至福特圓屋 (Rotunda)，改乘公司的客車馳往工廠，參觀了一所裝配廠 (Final Assembly Line) 和一所鋼鐵廠 (Steel Plant)。

我們在裝配廠裏，從安底盤，裝馬達，到完成試車為止，一程一程，跟著汽車，走了一個多鐘頭，只見這裏裝兩個車輪，那裏加一個座墊，這邊補上一扇門，那邊配上二片玻璃，而這些零件，都掛在鐵纜上，從樓上或屋外，轉彎摸角，冉冉而來，湊到裝配工人的手邊。整個布局是一極有趣的大玩意兒，想設計者自己第一次看見，也會高興不已。

接著，參觀鋼鐵廠，我們在迴廊及懸橋上行走，見下面大鍋爐吞吐，大機輪旋轉，而左右不見一人（人不能接近），僅在管制室裏有幾個技工在看電表，按機鈕而已。鍊成的鋼鐵，有厚塊，有薄片，形式不一，搏搓壓軋，裁剪上型，正像揉麵粉，裁衣料一般輕易，全部動作均恃機器，而其中沒有一個機關違背自然的定理。現代人都說，科學征服自然；我卻要反過來說，唯有服從自然，才有科學。

這種事業是龐大的資本，精密的設計，和無數的人力，三者配合而成，目的在節省人工、時間及材料，減低成本，大量生產。因為分工細密，而由機器以總其成，所以工人反成了機器的附庸，裝車輪的每天裝車輪，配零件的終日配零件，看不見工作的全貌，亦無需特殊技能（但也有少數技工）。又因資本集中，小工業無法競爭，悉被淘汰，工人惟有依賴大工廠才能生活。於此情形，倘遇不景氣，貨品銷路停滯，資本家若欲維持工人的生活，繼續開工，就會馬上破產，若為保全資本，停止生產，則成千累萬的工人便會餓死，非兩全即兩亡。因此，共產主義，即乘虛而入，用為進攻的目標。共產主義的對象原是這些高度工業化的國家，現在他們侵略工業落後的國家，不過欲利用這些國家，作為橋樑而已，最後的目標，實不在此。

資本主義面臨存亡關頭，稍一退卻，便全盤解體，不可收拾。所以，開明的資本家及政治家，不得不鄭重研究對策，就現有制度，加以改善。現在所取的步驟約有下列數端：(1)以國家的力量施行社會安全政策，使勞動者生活得有保障，不虞匱乏；(2)由於資方的自覺，儘量提高工人的待遇，縮短工作時間，增進其福利，獲致勞資合作；(3)施行強制退休制，調節職業分配，以消弭失業；(4)提倡科學研究，增加工作效率，減低成本，以擴展市場；(5)分配盈餘於資、勞、社會三方面，以均財富。申述之：工人既有社會保險以為保障，同時又增加了工資的收入，他們的生活程度，便自然提高；因成本減低，貨品價廉，則社會購買力增強，原屬生產者的工人亦成為消費者；因購買力強，需求廣，則工廠便要加緊生產，工人不會失業，待遇更可提高。如此循環不息，相輔相成，則資本主義不但不會崩潰，反可造福人類。這便是所謂「新資本主義」。

我們不要迷信共產主義是厭惡資本主義的，不要以為他們將帶我們回到「鑿井而飲，耕田而食，帝力于我何有哉」的境界。共產黨比資本家更醉心於資本，他們要將大資本，小資本，一齊囊括起來，集中在黨徒手中，建立超級大資本，擺布人類的命運。所謂資本，不僅是指金錢，物資和機器而言，還有勞力，這才是我們真正的資本。到了共產黨得了勢，我們的勞力便被收歸「公有」，自己不能支配。勞力尚不屬我們所有，還談得到什麼其他？

民主政治保障私有財產，尊重個人自由，所以才會產生資本主義。極權政治不保障私有財產，不尊重個人自由，所以才會產生共產主義。二者根本不同之點在此。

要之，共產主義不是反資本主義，它是變本加厲的大資本主義，它是合資本勞力為一體的超級大資本主義！

一〇、密希根大學

一月十四日（星期二）晨八時三十分，自底特律搭紐約中央鐵路火車赴密希根州的安娜盤 (Ann Arbor)，(1)拜訪三十年前的老師劉伯穆博士 (Dr. W. W. Blume)；(2)參觀密希根大學。車行四十五分鐘到目的地。密希根大學國際中心 (International Center) 派密勒女士 (Mrs. Clifford R. Miller) 在車站接待，駕車送我至密大友聯招待所 (Michigan Union)。十一時三十分，仍由密勒女士陪同去見劉伯穆先生，劉先生正在他的研究室裏坐在打字機前寫作，雖比前蒼老得多，但精神卻極好。談了片刻，劉師母也來了，同去餐廳進午膳。劉師母教過我英文，也是我的老師，一別三十年，相見之下，有談不完的話。晚間復由劉先生駕車來接我到他家裏進晚餐，劉師母特備了中國飯招待。膳後又談了兩個鐘頭。劉先生在密希根任教三十年，著作甚多，確是一位模範老師。我曾以司法院囑託研究關於法律解釋追溯力之問題，向劉師請教，翌日劉師告我，法律因與憲法牴觸而宣告無效者，原則上應屬自始無效，如有特殊情形，須自解釋之日起失效者，則應特予說明，云云；並舉 Payne v. City of Cavington, 1938, 276 Kentucky 380 例案及 Burk Shartel: *Our Legal System and How It Operates* (Michigan University Press) 一書，作為參考。

我在密希根大學法學院參觀的程序，也如在哈佛、耶魯一樣，茲不贅述。曾與年前來臺的喬治教授 (James George) 及法學研究所主任司密斯教授 (Allen Smith) 共膳，討論關於交換學生及教授的問題。在中文圖書館遇蒲友書博士，被邀往咖啡室茶敘。密大所藏中文書頗富，亦有不少善本。

密希根大學分中部，北部，醫院中心，運動場等部，現尚在擴展中，校本部有學生三萬餘名，另有一萬三千餘名，分布在八個大學中心，其法學院固極著名，而文、理、工、醫各院亦負盛名。大學醫院的房屋高聳，規模宏大，惜我限於時間未能前去參觀。運動場可容觀眾九萬七千人（據傳可容一〇一、一〇一人），為世界上大學自建運動場中最大的一個。我曾往北部 (North Campus) 參觀密希根斐尼斯紀念計劃 (Michigan Memorial Phoenix Project)，這是一原子和平用途的研究所，為紀念第二次世界大戰時密大陣亡同學而設。全部建築費共花美金七百六十萬元，由福特工廠捐一百萬元築原子爐，由美國原子能委員會供給原料。現有王顯琛（兵工研究院）及錢積彭（航空研究院）二君在內實習，承他們帶領參觀全部房屋及設備，並為種種表演。

密希根大學法學院名為四角大院 (The Law Quadrangle)，包括：⑴法學俱樂部 (Lawyers Club)；⑵法學研究所 (Law Research Building)；⑶赫欽大廈 (Hutching Hall)；⑷約翰柯克大樓 (John P. Cook Building) 等等，一律以深棕色磚砌成，建築精美，頗具匠心。這些房屋都是由一位柯克先生 (W. W. Cook) 獨力捐建。柯克先生早歲畢業密大，在紐約充律師，業務甚盛，到了晚年，將畢生所得，掃數捐贈密大，建築校舍。據說，房屋落成後他沒有親自到校一視，深恐看了，會覺得貢獻無多，有失所望。柯先生將一生辛苦累積的資產，不傳子孫，而獻給社會，至今無數青年得受其蔭庇，真是精神長存，其人格之偉大，令人敬佩無已。歐美各國有這種抱負的人很多，生前喜以金錢估計自己的成就，最後則仍以所得散在社會裏。所以歸根結柢，西洋的資本主義，實在沒有多大的害處。

一一、一位海軍軍官

一月十六日星期二上午八時，自安娜盤搭火車往芝加哥，十二時到達，承美以美公會的威斯脫博士 (Dr. Arthur West) 在車站相迎，送至聖克拉旅館 (St. Clair Hotel)。午後，由威斯脫博士陪同至美以美公會中央推進局去參觀。下午三時，參加世界和平會 (Board of World Peace) 的茶會，由泰勒牧師 (Rev. Daniel Taylor) 主席。我即席報告：⑴臺灣教友向美國同道致敬；⑵臺灣衛理公會近年推進的情形；⑶確保世界和平，必須除去人與人間的隔閡，惟有親善和睦，才能共存共榮；⑷法律應以基督教為中心，我們要在這一方面多所提倡。講畢，有一位威爾君 (Herman Will)，提出一條剪報給我看，說道，有一中國學生在美發表反對臺灣政府的言論，中國要求遣回，據他自言，回國後將被槍決，請問依中國法律將如何處分。我答道：「倘他僅是一個學生，我相信中國政府，若無法律上的根據，決不會要求引渡，所以這也許是美國移民法上的問題。但若有人眩於美國的繁華，意圖久居，故意誹謗政府，則其人之人格也就不足道了。這條新聞，我不及細看，只能作一空泛的答覆。」

晚間遇老同學劉繼盛君，談及此事，據其告知，此人為一海軍軍官，前由臺灣派來美國受訓，事畢，拒不回國，他曾迭次故意發表反政府的言論，企圖獲得政治庇護，以應付移民局，現尚在訴訟中。有同樣情形而拒不回國者不止此一人，但他人卻沒有謾罵政府。翌日，我請求威斯脫博士將最近報紙的記載，剪送給我，再加研究。

我到了舊金山，接威斯脫博士寄來兩條剪報，閱後，如骨梗在喉，不吐不快，就寫了一封信給《芝加哥日報》，略云：

前在芝加哥美以美公會招待會席上，經人以一中國學生誣蔑中國政府，中國要求遣回一事見詢法律上的意見，當時以真相未明，答云：「此或係美國移民法上之問題，若此人僅為一普通學生，敢言中國政府決不致於無法律上的根據而要求引渡。茲閱貴報一月三日及一月十四日記載，始知此人為中國政府遣派來美受訓之現役海軍軍官。政府派軍官出國受訓，自對之有殷切之期望，盼其學成歸國能任重致遠。軍人應服從紀律，各國皆然，否則軍隊即失其效用。此人於受訓完畢後，拒不回國，且復對於政府橫加詆毀，企圖造成一種空氣，獲得政治庇護，顯然是一逃役軍人(deserter)。軍官脫逃，依任何一國的法律，均必治罪。依中國海陸空軍刑法第九十三條第三款之規定，此人可能被處三年以下有期徒刑。

此函經《芝加哥日報》以顯著之標題刊出，並加按語云：「函指學生即係宣威(Hsuan Wei)，據宣自稱，被遣回國後，將遭槍決。」

年來很多國人傾慕美國，想舉家遷去，久居彼土。前此，美國難民移民法案，分給中國幾個名額，趨之者比謀官還要熱中。而以這身份移去的，大多是富翁而不是難民。父母送子弟赴美留學，多諄諄叮囑，最好久居勿回。聞說，有辦理難民事務的人員，亦運動美國議員，希望把他們也列作難民。人民有遷徙之自由（軍人除外），法律固不能加以禁止，但此種心理，殊非正常。這位海軍軍官也許便是這種風氣下的犧牲者。

有人說：「美國人民有自由，我愛自由，所以希望到那裏去住。」也有人說：「這裏沒有出路，在美國，生活問題容易解決。」

據我觀察，美國人民卻沒有如這裏人民之自由，因為自由是須受法律嚴格限制的。在這裏，我們可隨地吐痰，亂穿馬路，任意停車，半夜開收音機，垃圾傾在街上，都不會被人干涉，在美國卻絕對不行。言論自由必然與政治有關，在外國作客，不被排擠，已是萬幸，那裏還有資格批評政治？就是你是美國人而有這副筆墨，能表達得出來，恐怕非屬於你同一黨派的報紙，也不會替你披露。

看到人家有資格說話，自己卻無，那時你才真會覺得言論自由之可貴。至於小事，如某處街道中心有一大窟窿，數月來未經修補，只怕你懶於說話，你若肯說，這裏的報紙一樣會給你刊出來。

關於生計問題，美國自實行強制退休辦法以來，五十歲以上的人已不易找到職業。在美作客，年輕的人還可以賣勞力，但也非廉賣不可，年老的便呼籲無門，非常困難。在外國最不能忍受的是寂寞，街上遇見老朋友，也只能說一聲「海囉」便分手，沒有時間和你談半個鐘頭的話。何況那裏還有種族皮色的問題，黑白之間已鬧得不亦樂乎，我們不白不黑的人，又何必去夾在中間，自討沒趣。

二、孤立主義者

美國人民好發表政見，最初也不過幾個人隨便談談，漸漸附和者眾，便形成一種派別，於是有所謂「國際主義者」(Internationalists)，也有所謂「孤立主義者」(Isolationists) 等等產生，不一而足。若於大選時，經某一黨或某一派資為標榜或號召時，也會發生左右政府的力量。筆者在美和朋友們會晤，無非談些國際合作或法律同化的問題，倘我有資格做美國的公民，而我的主張竟也有人附和時，也許會被編派為「國際主義者」。

我到芝加哥的第二天下午，由一位勃拉克女士 (Mrs. David Black) 駕車陪我先去參觀美國全國律師公會，然後轉往市政廳訪問柯克區巡迴法院 (Circuit Court of Cook County) 的某法官。未去之前，早有一二人對我說，這位法官是猶太人，好像這是他的頭銜。在吾輩講國際主義者看來，猶太人非猶太人，原毫無區別。在日內瓦，我與好幾位以色列的真正猶太人做朋友，一點也沒有隔膜，他們還慷慨解囊，請我吃飯。

我們走進法庭，請法警通報。法庭燈光暗淡，並不十分整潔，在案桌右邊，坐著一位臉色紫紅，又矮又胖的人，大約是一庭丁。警察送了名片進去，我們正坐在律師席上等候，這位又矮又胖的庭丁向我們招手，像指揮當事人一般。我們走了過去，他大模大樣的坐著，說道：「你們臺灣搞得怎樣了？我們每次收入數十元，卻被扣去幾成的稅，拿去幫助外國！」我沒有防到法院裏的人會對我說這樣不客氣的話；若答復得太簡單，恐說不清楚，若答復得詳細一些，又怕他不能了解，正在為難之際，裏邊走出一人說，「法官有請」，解了我的圍。我心中暗想：像這樣一型的人，似乎過去在吾國的衙門裏也曾見過。

我們走進法官的辦公室，見房間並不寬大，中間放一辦公桌，旁邊二隻坐椅，空氣沉悶，桌上沒有案卷，架上也沒有很多書籍。寒暄之下，那位法官便開始介紹他自己，說他是法學碩士，當過教授 (lecturer)，寫過幾本法律書 (text books)，一九四〇年當選為柯克區巡迴法院法官，服務法曹已十五年。他指摘美國現行司法制度欠完善，有些地方不但不合理，而且是荒謬 (absurd, irrational, stupid)，應加以改革。他又說他最近寫了二篇文章，一篇是〈離婚事件的六十日靜止期〉(The 60-Day

Cooling-off Law)，另一篇是〈犯罪與少年犯〉(Crime and Juvenile Delinquency)，都在《美國律師公會月刊》(*American Bar Association Journal*) 裏發表，頗受法學界重視，而六十日靜止期已成立為法案，美國聯邦最高法院，認為與美國憲法不相牴觸。他又說艾森豪總統已將他提名升任為聯邦地方法院法官，不日便可發表。我恭維了他一場，預先替他道喜，要求他將他的大作贈我幾篇，讓我拜讀一下。他很高興，一一照辦，並且還將文章裏最精采的幾段，用鉛筆鉤出，促我注意。我們興辭出來，他親自送出門外。這次會晤，我自己沒有說什麼話，但依我想去，他對我的印象並不壞，在交際上，我也許是成功的。

勃拉克女士和我同車轉往芝加哥大學途中，我與她閒談，我說：「那位法官倒很客氣，但是見與不見都沒有關係；只是那位庭丁何以會對我說那番話？」

她解釋道：「先生，這便是所謂中西部孤立主義者 (Mid-west isolationists) 的面目。照例，先生這次來美訪問，應該是遇不到這種人的，現在竟有機會給你遇到，也大可增加一些見識。」

勃拉克女士真是善於詞令。

一三、為後代設想的法官

丹佛 (Denver) 是科羅拉多州 (Colorado) 的都會，在落機山 (Rocky Mountains) 海拔五千二百八十呎的高原上，風景絕佳，有小瑞士之稱。筆者於一月十九日下午五時自芝加哥搭火車前去，翌晨八時三十分到達，有國際教育局的華爾夫女士 (Mrs. Davis Wolff) 在車站迎接，送至亞令旅館 (Olin Hotel) 休息。

丹佛之行，目的在參觀著名的丹佛少年法院，順便玩賞當地的風景。因所留的日子無多，為爭取時間，於當日下午即乘車登山遊覽。時朔風凜冽，雪花紛飛，山頭白玉，樹上銀花，非常美觀。山多巖石，崢嶸古怪，秀、皺、透的條件，色色俱備，只是太大了一些，不能玩諸掌上。在山上，由司機引導，尋勝探幽，流連忘返者久之。

翌晨上午，由勃朗女士 (Mrs. Elizabeth Blanc) 駕車陪同至少年法院，晤法官紀廉君 (Judge Philip G. Gilliam)，時紀氏正在其辦公室審理案件，邀我旁聽。

少年法院管轄的事件分為二類：

（一）成年案件　受理以成年人為對象而牽涉未成年人利益之事件，如遺棄，扶養，收養，拋棄親權等等，並不限於刑事，也有民事及非訟事件。那天審理的案件中，有一件是一未婚女子聲請對其私生子拋棄親權，交與國家處置，法官諭知，她可訴孩子之父，令其扶養，而保有其子，若拋棄親權，雖法院必注意其利益，覓一適當家庭收養撫育，但母子便終身不能再謀一面。女子聞之，嚶嚶啜泣，顧與其親友商量後，仍不得不以自己的前程為重，表示願予拋棄。法官即准如所請，隨即打電話詢問其熟識之家庭願否暫予留養（均經預先徵求登記）。紀廉法官告我，他自己也曾收養了二個女孩，並指著牆上掛的二張照片給我看。另一案是一已仳離的妻訴其夫扶養孩子，此案前經判令被告每星期給付贍養費十元，但抗不履行，紀廉法官以被告侮蔑法院 (Contempt of the Court)，判處監禁一月，在監禁期間，贍養費由國家墊付。美國法律，許以刑事濟民事執行之窮，洵為特色。

（二）少年案件　此項案件大都為未成年人犯罪事件，如殺人，傷害，強盜，竊盜，公共危險，毀損財物，虐待動物等等，均於開庭前經觀護員 (Probation Officers) 就其家庭背景，犯罪心理等等，詳細研究調查，擬具報告，提供法官參酌，然後為適當的處分，有的送州立教養院 (State Institute)，有的送少年院 (Juvenile Hall)，有的交由其父母管束。少年法庭，除少年犯罪事件外，亦受理流浪兒童之安置事件。少年法院審判案件，僅在大體上適用法律，至於處分的方法，一以孩子的利益為重，可由法官自由裁量。法官所為裁定，僅記明筆錄，而不須作成判詞。

丹佛少年法院成立於一八九九年，已有將近六十年的歷史。現任法官紀廉為一中年男子，慈祥和善而勇於任事。自其接任後，發動向各方募捐，建立了一所少年院 (Juvenile Hall)，以與法院配合。少年院的建築及設備均極完善，管理亦非常周密，窗戶用堅固的不碎玻璃，而外邊不加鐵柵，使孩子不覺得身在囹圄中。藝術室壁上繪美國偉人像，以資鼓勵。臥室依年齡性別分類，有雙人單人，由孩子自己整理，頗為清潔。作業大都為圖畫，雕刻，手工，年齡較大的則從事木工鐵工。娛樂有電影，電視，音樂及各種運動。教育節目，與外間學校銜接，入院後，可按其程度隨班上課，不致荒廢學業。紀廉法官善油畫，故對於圖畫一科特別重視，據云，在繪畫中可以觀察各人的個性及心理狀態。那天中午，紀廉法官請我到少年院去與一位富翁的太太(Mrs. Arthur E. Johnson)同進午膳，去時由他自己駕車，後座載了一個入院的孩子。他對我說，他每天在少年院進午餐，下午經常在院中與孩子們相處二、三小時，身自感化。他視這少年院如同自己的家。

進膳時，他叫出一個曾槍殺父親的十二歲男孩子和我們相見，他的母親已對他拋棄親權，交與公家教養，故現為一名副其實的「公子」。據說，這孩子一切都很正常，只因父親迫他上學，而他卻要離家出外作工，一時忿怒，便持槍將父親擊斃。看這孩子的品貌倒還不差，我和他握手，拍拍他的肩膀，但是想不出用什麼話與他攀談。紀廉法官拿出一張支票，對他宣布說：「我們不久將送你到德克薩斯的少年農場(Boys' ranch)去居住。這位太太很愛你，贈給你五百元，作為添製衣物之用。」他呆呆的立著，不作一聲。我便提醒他：「朋友，你得走過去，謝謝這位太太啊！」他便依我的話，謝過了那位太太。孩子退出後，我對紀廉法官和那位太太說，無論成人孩童，殺害父母是反天性的行為，在中國是百年難遇的大案，而中國人口有四、五萬萬之多。我國聖人以「親親仁民」設教；以孝為立身之本，推而及於社會國家。這種倫理觀念深入人心，與日常生活打成一片。舉一個例，倘有在懷抱中的孩子，偶不如意，掌擊母親，縱父母不言，旁人也會糾正他，說：「爸爸媽媽可以打的嗎？」甚至好事者還會走過去打他幾下手掌，以示懲戒，父母也奈何不得他，因為這是輿論。現代的家庭雖沒有像過去那樣固執，但這觀念還是存在。因是，這種逆倫案子，幾乎不可能在我國發生。教育孩子有時要恩威兼施。據云，這孩子於殺父後既沒有哭泣，也沒有其他懺悔的表示，如此頑強，是否薄薄施以懲罰，使知悔悟，或者於他更為有益。紀廉法官頷之。

現代國家設置少年法院的目的，不在對少年加以裁判懲罰，以保社會安寧，而在保護少年，使能正常發育，成為有用的公民。所以，在辦案時純以少年的利益為重 (in the best interest of the child)，其他均可置之勿問。他們只研究犯罪的原因及環境，設法予以除去或改善，作一切有益於特定少年的措施。少年法院是一積極性的教育事業。

紀廉法官對我說：「少年法院是普天下流浪兒童的家，也是普天下問題兒童的保姆。」丹佛少年法院的標語是：「教育孩子便是幫助上帝造人。」(He who teaches a child labors with God in his workshop.)

一四、往舊金山途中

從丹佛往舊金山，路程一千四百九十八哩，跨科羅拉多，猶他，內華達，加利福尼亞四州。筆者於一月二十三日（星期四）上午八時四十分，登麗亞格蘭火車 (Rio Crand RR Train 17)，十時許已在海拔八千五百六十一呎的弗列素 (Fraser) 高原，整天在崎嶇的山路上，蜿蜒盤旋。峭壁中斷，兩崖相嵌，層巖上隱約似有無數門戶，無數佛像。坐在上層藍玻璃頂的車廂裏，車外風景，一覽無遺，猶若身在美國西部電影裏，跨馬疾馳。經過新月嶺 (Crescent)，馬番隧道 (Muffet Tunnel)（六哩餘長），

葛嶺武泉 (Glenwood Spring)，大界隴 (Grand Junction)，猶他之綠河 (Green River)，日內瓦 (Geneva)，鹽湖 (Salt Lake)，內華達之阿綠口 (Elko)，羽毛河 (Feather River) 諸勝地。沿途層巒疊嶂，曲溪流水，景色如畫。羽毛河為一八四九年美國淘金潮之地，鑛產豐富，原子彈主要的原料鈾鑛，即在此一帶，故不特為美國之風景線，且為一寶山。車行三十八小時，到加州的瑪麗維爾 (Maryville) 站小停，月臺旁栽柑橘檸檬各一，作為活的標本，枝葉茂盛，果實纍纍，碧玉黃金，相映成趣。車至亞克蘭 (Oakland) 終點，改乘渡輪，越金山灣 (Oakland-San Francisco Bay) 到舊金山市，有柯柏小姐 (Miss Jean Tremere Copp) 在渡頭迎接，駕車送至曼克斯旅館 (Manx Hotel)。

舊金山氣候溫和，一若仲春，街頭花市，百卉雜陳，爭妍奪豔；行人優閒自在，不若紐約、芝加哥之緊張。自冰天雪地的東部，轉到此間，如置身另一世界，精神煥發，興致百倍。曾參觀司丹福大學 (Stanford University)，加利福尼亞大學 (University of California)，赫斯定斯法學院 (Hastings College of Law)，市法院，高等法院，聖昆丁監獄 (San Quentin)，亞爾克託拉斯監獄 (Alcatraz)，亞洲協會總部，律師公會，茂爾森林 (Muir Woods)，並在著名的漁人碼頭 (Fishermen's Wharves) 食海鮮，大快朵頤。

美國朋友對我說，舊金山有二個特點：⑴中國城 (China Town)；⑵纜車 (cable cars)。舊金山沒有中國城，便不成為舊金山；到了舊金山而沒有乘過纜車，不能算到過舊金山。纜車的電纜安設在地下，車之兩旁有露廂，可任意攀登，車身漆成紅綠色，保持舊日街車的模樣。

中國城是中國商舖集中的地帶，很有些像上海的香粉弄，我由僑領黃社經先生陪同參觀幾家中文報館，在《少年中國日報》館 (The Young China) 遇劉伯驥（立委）、黃伯耀（僑委）二君，縱談國內外時局。《少年中國》為國父手創之日報，尚有國父當日辦公所用的桌椅，陳列其間。

舊金山有僑胞數萬人，均勤懇安份，子弟中從沒有發生過一件少年犯罪的事件，美人譽為奇蹟。一月三十一日，晤舊金山高等法院院長紐柏樹先生 (Chief Justice Henry J. Neubarth)，據告，渠極尊重華僑，今年曾指定二位華人充大陪審員 (Grand Jury)，一為格蘭脫路九一一號的雷君 (Earl S. Louie, 911 Grant Ave.)，一為十八街五七四號之關君 (Joseph S. Quan, 574 18th St.)，此為舊金山有史以來之創舉，云云，詢之僑胞，亦認為殊榮。

旅美僑胞都很愛國，但對於國內情形，則頗為隔膜。關於國內法官自殺一事，有一、二家中文報，評為政治腐敗，社會不安之現象。我曾為解釋，法官之自殺，亦猶常人之自殺，非明瞭其真相，不可妄加揣測。最高法院的林拔庭長為我好友，患失眠症，大陸淪陷後，隻身逃至臺灣，妻離子散，生活寂寞，或以此萌厭世自殺之念，顯然是個時代的犧牲者，與臺灣的政治社會毫無關係。臺灣為目前祖國僅有的一片乾淨土，而為僑胞的退步地，我們應加以愛護，不可捕風捉影，作惡意的批評。

一五、一場舌戰

一月二十八日上午七時，搭火車往白克蘭 (Berkeley)，參觀加利福尼亞大學法學院，先晤鮑列脫

教授 (Prof. Edward L. Barret Jr.)，再由其介紹，會見安倫斯威 (Prof. Albert A. Ehrensweig)，馬萊 (Prof. Joseph P. Morray)，賴森菲爾 (Prof. Stefan A. Riesenfeld) 諸教授。院長浦魯然先生 (Dean William Lloyd Proser) 因事去芝加哥，未獲一晤。

加大校址寬敞，建築軒峻，規模之宏偉，在美國西部為首屈一指。我照例遊覽校景，參觀圖書館等等，茲不細述。中午應馬如榮教授（廣東台山人）邀敘，席間暢談時事，頗為歡洽。馬教授任加大政治系教席三十年，愛國之情溢於言表，惜對於國內實情不免隔閡，曾為解釋，而馬教授均能虛心接受，學者風度，畢竟不凡。

下午有某教授邀至國際俱樂部座談。這位教授治國際法，上午曾在其辦公室，談及國際海洋法會議，我詢以此會之前瞻若何。他答道：「無非試探一下各國之意見而已，不能寄以厚望焉。」我又云：「如僅欲明瞭各國之意見，則其意見固早臻明瞭，又何待試探？美國堅持領海應為三海浬之立場，依閣下之觀察，亦有協調之可能乎？」某教授搖頭。於告辭時，他忽對我發生興趣，邀我於下午同進一杯咖啡。初意他或將對於海洋法會議作進一步的討論，不料於會見後，除談了一些不相干的問題外，他忽提出後列三點，詢問我的意見：

（一）共產黨占據中國大陸為革命及內戰之後果；

（二）依國際法，共產政權應可獲得國際承認，但同時承認兩個中國，則勢所不能；

（三）美國協防臺灣，顯係干涉中國內政，足以引起世界大戰，實屬不智。

這位先生知道我去自臺灣，我不防他會提出這種刺激性的問題。一時無法作正面回答，所以我先提一反問：「依國際法教本所言，叛軍占領一部份土地，控制一部份人民，成立一種政權，有久留不去之勢者，國際間得考慮承認其政權；故若僅依國際法教本的字面而言，美國對於共產政權或亦未嘗不可予以承認。但國際法亦為法律，請問法律之定義，依先生之見解，應為何如？」他答道：「法律無非是一種以力量為後盾的東西 (Something backed up by force)。」

我駁之曰：「誠然，法律不僅是力量 (force)，而實為武器 (weapon)，其關鍵在此武器之落在誰手：在警察之手，吾人目之為法律；在強徒之手，則否。依閣下之見解，強徒占據警察局，豈亦可目之為革命乎？占據警察局後之強徒豈亦可目之為警察乎？」

他答道：「在一種意義下，誠然如此。」

我又駁之曰：「若是，則人類文明，將倒退幾千年，圖書館所藏數百萬帙法律典籍盡可付之一炬，又何從以談國際法或國內法乎？依我的見解，法律的後盾是正義，力量不過是法律的作用，而非法律的本體。任何法律，惟有以正義為立場，才能發揮功能。

「至於協防臺灣，非謂臺灣需要何等外來的援助，而為民主國家之共同前線應設在何地。在吾儕習法律者言，『民主陣線』亦即『法律陣線』(the first line of defense for the established legal order)。無論英美法或大陸法，更無論公法或私法，要之，凡在鐵幕以外的法律，莫不有一共同之出發點，即各個人勞力之所得，應屬勞動者享有，非經其同意或非依法律程序，不得予以剝奪。(The fruit of labor should belong to the laborer and he may not be deprived of it without his consent or due process of law.）但此項法律觀念已為共產政權所唾棄。吾人所須誓死防守者，唯此一點。今日之問題，非為協防臺灣，而為此法律陣線之應設在何地也。過去，美國表示欲撤回駐韓防軍而戰事即接踵而起，南韓那邊的一道法律防線幾乎被突破。共產黨志在兼併世界，摧毀文化，有隙可乘時，戰爭即發生，刺激之起，不刺激之亦起，但愈退縮則戰事之起愈速，歷史事實擺在眼前，悲劇勿令重演。現在他們還不過作一些小丑跳樑的勾當，一旦此一法律陣線動搖，他們便會集中力量大舉進攻美國，因為高度工業化的美國才是共產主義進攻的真正目標呢！」

我們談了約一小時，而這位教授只是靜聽，不插一言。此場舌戰，不知誰勝誰負。倘他贊同我的見解，那末我或許是勝利了，倘他知道得比我更清楚，以逸待勞，試探我的意見，那末我的意見被他知道了，而他的意見卻沒有給我知道，我還是輸的。

嗣後，我也以這一套的話和最高法院的法官，政黨領袖，大學校長，以及律師，醫生，商人，工匠等等談過，竟沒有一人駁我。某夕，在羅馬一家露天餐館進晚膳時，鄰座一對紐西蘭夫婦，湊過來和我攀談，說他們要在旅行中增些見聞。我們也討論到這個問題。他們問我：「是否臺灣的人民都和先生一樣想法？」我答道：「若臺灣人民不同作此想，今晚我便不會和你們兩位在此暢談這個問題了。」

一六、監獄裏一課

筆者在美國西南部參觀三所監獄：⑴亞爾克託拉斯的聯邦監獄（The United States Penitentiary, Alcatraz Island），⑵聖昆丁的州監獄（State Prison, San Quentin），⑶西格維爾的聯邦改過院（Federal Correctional Institute, Seagoville, Texas）。這三所監獄是代表三種處置人犯的方法：亞爾克託拉斯所收容的是案情嚴重，刑期較長，而無法感化的人犯；聖昆丁所收容的是各種短期以及待決的人犯；西格維爾所收容的是可加感化的人犯。

依原定計劃，我在舊金山只參觀一所聖昆丁監獄，但在亞克蘭灣渡海時，望見那個亞爾克託拉斯島，浮在海面，經人指點說，那是美國戒備最森嚴的監獄，不輕易許人去參觀，驟然引起了我的好奇心。到了舊金山市，又見報攤上出售風景畫片，印有該島的全景，上面標有「歡迎入夥」字樣(Come and join us.)，覺得這個神祕的小島，倒非去遊覽一下不可，所以，便向國務院招待人員提議，請補入日程。經排定先參觀聖昆丁監獄，續參觀亞爾克託拉斯島。

一　聖昆丁

一月三十日上午十時許，由一位賓海斯君(Max de Hes)駕車陪同至聖昆丁，車行一時半，到了監獄的大門，在一小咖啡館進了一頓快餐後，即至監外典獄長辦公室接洽，辦理「入監」手續，在雷達間受檢查，向左，向右，轉身，被他們徹底透視了一下，然後在右手背上打一顆「沒字印」，放入大門。以後每過一重關，都要驗看那顆「沒字印」。這印肉眼看不出什麼，但在特種的鏡頭上照著，卻顯出綠色燐光的字來。

在監獄裏另有招待員帶領，陪同參觀囚室，膳堂，廚房，醫療室，圖書館，運動場，及各種作業場所，如木工，鐵工，紡織，縫衣，製捲煙等等，都有相當規模。據招待員云，「在監獄裏，工作便是報酬，所以，不另給工資，但技術工人，則每小時給工資一角二分。」我問，「他們有無工會的組織 (trade union)？」大家都笑起來。招待員又報告，「監內現收容人犯四千四百九十七名，其中十八名現被隔別錮禁。」他又說：「這是美國人民的公產，任何人都可以前來參觀，不收門票，但須打『沒字印』；若有豪興，任何人也都可以進來盤桓一時。」我問他，「有沒有教育節目 (educational program)，也可帶領我們去參觀一下嗎？」他答道：「教育節目，要經典獄長特許，才可參觀。」所以，出監後，即與典獄長 (T. R. Dickson) 晤談，提出這個要求，「給我領略一些學術氣氛」(Let me smell a bit of academic atmosphere.)，他馬上打電話去關照。不久有一位教育督導員 (Homer J. Hastings) 來，帶領我們再度進監。

學校設在監所的另一部份，教室都在底層。剛踏進門，便有《聖昆丁新聞》的記者（也是監犯之一）攔住了採訪新聞，打聽我的背景和訪美目的，說要給我披露一則新聞，又說要將姓名住址登記，作為長期訂戶之一，云云。解了這重新聞圍後，便到各教室去參觀，裏邊都很擁擠，學術空氣太濃厚了，天然空氣反形稀薄。我們在各教室張望一下，又在一教生理學的教室門口站立了一回。後來行到一間教英文的教室，我們走進去，由招待員介紹後，我便想坐下聽一課，前排的學生馬上站起來讓座，很有禮貌。學生半數以上是黑人，黑板上寫有 Verb 字（云謂字或動字）。聽了一回，有人要求我講幾句話，這是我自找麻煩，無可推諉的。

我說道：「各位現正研究文法，請問文法是否為法律？」

有的答，是的；有的答，不是。

我說道：「是的。依廣義論，文法也是一種法律。各位知道：法律有成文法，有不成文法，請問文法屬那一種？」

有的答，文法是成文法；有的答，文法是不成文法。

我說道：「文法倘被視作法律，應該屬不成文法，不成文法不是不作成文字，不過沒有作成法典而已。美國的普通法 (Common Law) 便是不成文法，然而你們的法律報告 (Law reports) 有幾萬冊之多。再請問，文法倘被視作法律，它所保障的是何項權利？」

有一位答道：「文法不保障權利，它不過使我們了解文字的現象和結構，演成原理，明其所以然而已。」

我說道：「一點不錯，那就是科學。文法是科學，法律也是科學。但文法的作用是在使我們說話有條理，合規律，能清清楚楚表達我們的思想；倘沒有文法，便無從說話。所以文法所保障的是言論自由，因為人若不會說話，或說話不能使人了解，縱有言論自由，也不能充分發揮。最後，我還要請問，文法倘被視作法律，它是人為法，還是自然法？」

有的答道，文法書是人所編的，所以是人為法。也有人說，在我們有第一本文法書之前，早已有了文法，所以是自然法。

我說道：「是的，文法是自然法。自然法便是自然的道理。不依文法，話就說不像樣，這是自然的道理。話若說不像樣，便不能充分享有言論自由，也是自然的道理。推之，沒有法律，便沒有自由，也是自然的道理。所以，珍惜自由，便得尊重法律，這是自然法中最基本的道理。請各位裝在煙斗裏慢慢兒抽一下罷。」(Put it in your pipe and smoke it. 意謂「想一下」。)

這班學生大都是在成年與未成年之間的青年，我只能借個題目和他們談談「道德」。

二　亞爾克託拉斯

三十一日晨，乘亞爾克託拉斯監獄特備的渡輪過海，去參觀那所孤立在海中，銅牆鐵壁的監獄，同行者有非洲迦納 (Ghana) 的國會議員瑪哈默君 (E. A. Mahama)，據他自云，他是專門研究監獄學的，到岸後由汽車接送上山巔的典獄長辦公室，與麥迪根典獄長 (Paul J. Madigan) 會晤，談了半小時。

據麥迪根典獄長告知，監內現收容二百八十人，均為男性，平均年齡為三十五歲，平均刑期為二十一年。統計總刑期為五千八百八十年。處刑在二十年至五十年者，不准假釋 (without privilege of parole)，對於這點，他認為很不合理。監內所收容者雖多屬案情嚴重的人犯，但無被處死刑者。

他又說明監內的設備，監房每人隔別，現有工廠五所，運動場一所，藏書十四萬冊，百分之六十為小說，雜誌三百種，每日播送新聞，但不供給報紙，現無教育節目，監犯得自由參加函授學校。每人每月得接見家屬一次，每次以三十分鐘為限，隔二寸半厚的不碎玻璃窗，用電話講話（即將改裝對話機）。監內遍裝傳音器，一舉一動，均受管理室監視。據說，過去也曾發生過越獄的事件。

旋即由麥典獄長陪同入內參觀，見囚室築在一極敞大的屋子裏，分四長列，每列三層，好像排著三疊鳥籠，鐵柵堅固，守衛嚴密，但光線和空氣都很好，且亦非常清靜。

典獄長與在監者個個相識，我們行經一室時，由他介紹，與一囚人談了幾句話。周圍看了一遍後，典獄長便邀我們進膳廳，喝一杯咖啡，吃一塊蘋果餅，均尚適口，據云，此即為經常供給監犯的食品之一。我要求他給我一份囚糧單，他便以二月份的大菜單一紙給我：每日三餐，各餐不同，名目有七、八樣之多，一般在外的自由人，恐非個個都能吃到如此豐美的飯。關在籠子裏的鳥總是不會捱餓的。

我們回至典獄長室又談了一回，他以最近的報告書一冊，題名相贈，以留紀念。我對他說：「監內參加工作的人犯不多，彼此不通往來，住在裏邊，真是苦悶極了。人是社會動物，惟有相處在社會裏，才能改善。『監禁即是改進』(To imprison is to improve.)。縱然法律不許假釋，但仍要陶冶其人格，作重入社會的準備，不然，監禁便失了意義。」他也深表贊同。

一七、兩非成一是

「兩非不成一是」(Two wrongs never make one right.)，原是至理名言，顛撲不破。若謂兩非可成一是，豈謂兩是亦成一非？

有人卻主張：「積非成是：小錯不若大錯，少錯不若多錯，將錯就錯，西方極樂。」

「將錯就錯」是佛家語，指點人間以生死得失為是非之非。世人多以生為樂，以死為悲，其實生死是自然安排，自己作不得主。「若云死可悲，當知生已悞」，何如聽其自然，免惹一身「是非」。

吾人處世，雖不必顧慮利害得失，但於取捨之際，若明知其事為非，即應力予避免，因為錯誤一經鑄成，便是白璧有瑕，無法磨滅；不幸，錯誤既成，更應設法彌補，若不此之圖，徒喚奈何，那便是錯中之錯。兩非不成一是，積非更難成是，竊鉤竊國之說，畢竟不足為訓。

筆者在舊金山時，接總領事館轉來外交部電報，囑趕程赴歐，參加二月十四日在日內瓦舉行的海洋法會議。電文誤傳二月二十四日為二月十四日，相差十天。因此一誤，以後便陸續發生了一連串的小錯誤。錯誤的後果亦許不壞，但錯誤畢竟是錯誤。所可憾者，新墨西哥大學之約，德克薩斯大學之約，及住在田納西州的東吳大學老校長文乃史先生之約，均須臨時取消。

計算日程，為時已促，而前途還有許多節目，亟待完成，因此，我提前結束舊金山之遊，於二月一日搭火車往阿利桑那州的威廉士（Williams）轉程至大峽谷國家公園（Grand Canyon National Park）。這一項節目是早經美國國務院行文內務部排定的，又曾接公園監督來函歡迎，盛情難卻，無法取消。二月二日星期日清晨，我到大峽谷時，公園當局已預派戴維斯君（Dan E. Davis）駕車在站迎候，準備導遊。

大峽谷為高原上一大窪地，廣四哩至十五哩，袤二百十七哩，深三千尺至六千尺，為科羅拉多河（Colorado River）沖積而成。現河流改道，岩層畢露；在地平線下，坪坡粱磵，千山萬壑，層巒絕巘，屹屼險峻，立其邊際，臨萬丈深淵，魄動神蕩。遊覽方向分東邊緣（East Rim）及西邊緣（West Rim）兩道，須花整整一天的時間，始能周歷一遭。戴維斯君告我，谷間氣象朝夕不同，幻變莫測，他住在這裏多年，總不覺厭。

二月三日晨七時，搭格來亨汽車（Greyhound Bus）至佛拉格司道夫（Flagstaff），原擬在此乘邊疆航空公司的八時五十分班機（Frontier Air Lines）到絲飛尼克斯（Sphinx），再改乘美國航空公司的十二時班機，直飛臺拉斯（Dallas）。不料邊疆公司忽變更了飛行的時間，第一班早於半小時前開走，第二班須俟至中午十二時起飛。不得已，乃在佛拉格司道夫，找到一位商會會長宋德君（Charles Saunder），由他陪著玩了半天，順便並在其所設的電臺播講了幾句話。迨中午十二時搭上飛機，一時許到絲飛尼克斯，詢悉美國航空公司的飛機脫了班，遲到四小時，因是仍能搭上原定的飛機。到臺拉斯已是晚間八點鐘，南方大學交際科主任白魯門君 (Bill Broome) 及國際事務協會 (Dallas Council on World Affairs) 的白樂登小姐 (Miss Beth Brogdon) 同在機場照料。我向他們道歉：「有勞各位久候，真是萬分抱歉。在佛拉格司道夫，飛機變更了班次，我沒有趕上，因此耽擱了四小時，但在絲飛尼克斯，飛機遲到四小時，好似在等我，終又被我搭上原飛機。此之謂『兩非成一是』。可是時間總是追復不回來。飛機並不開得慢，只是德克薩斯的地方實在太大啊。」他們說：「先生過去曾到過德州嗎？怎麼您說話倒和我們德州人差不多。」我答道：「那是因為空氣的關係，我一吸到德州的空氣，頓時就覺得自己改了樣子。」

他們送我到青年會休息，時間已遲，餐廳閉門，而我還未進膳，飢腸轆轆，亟待綏靖，所以，走到對門一家小咖啡館坐下，點了一份炸豬排，關照老闆，要煎得熟些。老闆從冰箱裏取出兩大塊像冰磚一般硬的生豬排，放在油鍋裏，熬了又熬，煎成兩塊像火磚一般硬的熟豬排，放在我的面前。我嚼了半個多鐘頭，才吃完一半。老闆問我：「先生，吃得怎樣，還不壞嗎？」我笑著答道：「妙極了，這真是一道最豐富的菜，也是最挺硬的；不要緊，我有一副最銳利的牙齒來應付它。」(Wonderful! This is certainly the richest course of food, and the toughest, too; never mind, I've got the sharpest set of teeth to do the job.)

他聽了大笑，說道：「先生，您真是我們德州人啊。」

一八、開　河

德克薩斯是美國最大的一州，因產石油，所以也是美國最富的一州。氣候屬亞熱帶，少雨。人民生活優裕，熱情洋溢，喜歡扮了一副正經臉，海闊天空，大吹法螺。在德克薩斯，凡是大的東西，一定要稱作世界上最大的，反之，小的東西，一定也是最小的；好的固然是最好，壞的也決不會比最壞的好一些。

德克薩斯原是一個獨立的共和國，於一八四五年加入美國聯邦，可是他們不說德克薩斯加入美國，而偏說美國加入德克薩斯。理由是：德克薩斯地方大，美國的新英倫地區 (New England)，包括康內底克 (Connecticut)，麻薩諸塞 (Massachusetts)，羅德島 (Rhode Island)，佛蒙特 (Vermont)，新罕布什爾 (New Hampshire)，緬因 (Maine) 在內，又加上新澤西 (New Jersey)，特拉華 (Delaware)，馬利蘭 (Maryland)，肯塔基 (Kentucky)，南卡羅來納 (South Carolina)，西佛吉尼亞 (West Virginia)，俄亥俄 (Ohio)，印第安那 (Indiana) 等，十四州合起來，還沒有德克薩斯一州那麼大——相抵之下，尚剩餘七千一百十二方哩。有一位德州人將德州疆域之大，形容給一英國人聽，說道：「你若在今天早晨從歐斯登 (Houston) 上火車向西行（西邊是墨西哥），火車開了一天一晚，到明天早晨，你還沒有走出德州呢。」那位英國人一楞，答道：「夥計 (Pardner)，我們在英國也有這個樣子的慢車。」

臺拉斯是德州的交通中心，商業繁盛。我檢閱地圖，發現這城非常的大，便問一位朋友，「臺拉斯諒必是德州最大的一個城市罷？」他答道：「比臺拉斯更大的地方還有呢，然在臺拉斯總是以它為最大的了。這地圖是臺拉斯人畫的，當然要畫得大一些，但沒有過份誇大，因為臺拉斯人最沒有德州人的習氣，最不愛說大話。」

離去舊金山時，竇海斯君 (Max de Hes) 駕車送我上飛機場，在車中他問我對於美國的印象怎樣，要我用一句話描寫出來。我答道：

> 美國是一流線型、撳開關的國家，住著萬花筒一般的人民，老是關心著稅捐，又喜歡說幽默話，醉心於世界上一切最大、最高、最長的事物，生活超前一天，但又常渴想過去的種種從頭回來。(註：他們在今天讀明天的新聞，今年坐明年的汽車；過了時的火油燈現又重新使用，燃電氣以代煤油。)（美國現盛行煤油燈式的檯燈及掛燈。）

> The Untied States — A stream-lined, push-button country of a kaleidoscopic sort of tax-conscious and humor-lubricated people, crazy about what's the biggest, the tallest and the longest in the world, living always a day ahead of the time and longing all the time for the return of the past. (Note: They read tomorrow's paper today and ride in a 1959 car in 1958, and they reintroduced the out-dated oil lamps, burning electricity instead of oil.)

到了臺拉斯，也有人問我對美國的印象如何，我同樣以這一句話作答。他們說：「這正是指著德克薩斯而言的。」我答道：「一些也不錯，我原是以德州代表美國的。」德州朋友聽了，眉飛色舞，異常高興。

二月三日晨，由賴恩夫人 (Mrs. Ralph Ryan) 及威勃小姐 (Miss Reberta Webb) 陪同往訪南方大學法學院院長史篤萊先生 (Dr. Robert G. Storey)。他們知我嫌青年會太鬧，馬上就代我另找到郊外一家很精緻幽靜的魯馬阿爾泰旅館 (Loma Alto Hotel)，並且幫我搬家。中午應史篤萊院長之邀，參加南方法學院的教務會議，並與全體教授聚餐，呂曉光兄亦在座。晚間，由賴恩夫人，威勃小姐和一位經營石油事業的高爾屈先生 (John Clarance Karcher)，邀至一家中國酒樓餐敘，暢談基督教和中國儒家的學說。高先生是一位工程師，曾發明一件勘測石油的儀器，現在已成為富翁。他的人生哲學是「不慕前人，只畏後生」。(I envy no one who has lived before me; I only envy those who will live after me.) 我說道：「孔子也說過，『後生可畏』。先生的話正與孔老夫子的話，不謀而合。」他聽了，意頗自得。

六日上午，由南方大學文學院教授史密斯博士，陪同至聯邦地方法院，晤羅曼法官 (Judge Arnold Raum)，他正在審理一件稅務案件，特從座上走下來和我握手。據云，他是從華府派來，臨時假座開庭，因為稅務案件是由聯邦法院統一辦理的。又晤伊士褅斯 (Judge Joe Erving Estes) 及艾德威爾 (Judge William H. Atwell) 二位，都是臺拉斯的聯邦地院法官。艾德威爾法官高齡八十八歲，已告退，但仍每天到院幫同辦些民事案件。他說，他曾在南京遇見過蔣總統，在紐約遇見過蔣夫人，對兩位都極崇敬，囑我回國時代為候安。

同日下午由柯菲 (Mrs. Roy Coffee, wife of the Mayor of University Park) 及賴德 (Mrs. John Read) 兩位太太陪同去州地方法院參觀，晤女法官許士 (Judge Sarah T. Hughes)，據告，地方法院現有民事庭十一庭，刑事庭三庭，另有遺囑法庭 (Probate Court)，人事法庭 (Domestic Relations Court)，及少年法庭各一，均由一位法官獨任，按時輪調。地方法院之上有上訴院，兼審事實及法律，州最高法院則專理民事上訴事件，云云。旋即在各庭巡視一周，見法官律師都不穿法衣，各庭庭規亦不相同。在一般法庭，法官和律師都可吸煙，惟在一庭，貼有告示云：「奉法官諭，不准吸煙。」

德州人歡喜調笑過去時代的司法，說道，從前德州境內發現一具無名屍體，身藏手槍一枝，大洋四十元，送請皮恩法官 (Roy Bean) 發落，皮恩法官判云，「此人私攜武器，罰大洋四十元，手槍沒收」。又有二人以殺害一中國人嫌疑被捕，皮恩法官將他僅有的一本法律書，從頭至尾翻閱了一遍，卻查不到載有關於殺害中國人的條文，便以「法無明文」，宣告無罪。這些故事，無非信口開河，博人一笑，但謔而不虐，無傷大雅。

臺拉斯人雖性喜幽默，但辦事卻極為認真，說到做到，又極講究禮貌，絕不馬虎。南方大學的教職員學生，雖在炎暑，寒暑表升到一百多度的日子，也須依照規矩，衣冠整齊，並且束上領結。條件是：全校屋子裏都裝置冷氣，不怕你有所藉口。女子服裝尤崇尚時新，直接向法國巴黎取樣，不落人後。因是，臺拉斯被譽為美國最講究衣飾的地方，每年舉行時裝展覽，各地仕女蜂湧而至，爭先受時裝洗禮。

我在臺拉斯小住數日，與當地人士接觸，都是非常投機。臨別時，賴恩夫人和威勃小姐共同簽了一張證書（百貨公司出售，價二角五分），封我為德克薩斯州的榮譽公民，說我夠資格配高高坐在牛欄上(Qualified to sit on the top rail.)，接受這個榮典。

一九、畫地為牢

筆者在舊金山曾參觀兩所監獄，到德克薩斯後，又參觀西格維爾的聯邦改過院 (Federal Correctional Institute, Seagoville)。這三所監獄的設置目的不同，而管理的方法亦異。

西格維爾改過院是羅斯福總統所倡新刑罰政策的實驗所，自一九四五年創辦以迄於今，十餘年來，頗著成效。該院現收容四百六十一人，均為男性，依羅斯福的計劃，以自由勞作代替強制監禁。美國現有同類監獄八所，尚在陸續增設中。

該院占地八百三十四英畝 (acres)，其中七百五十畝已闢為農場。進入大門，見一片草坪，中間立一旗桿，上懸美國國旗，迎風招展，四周紅磚房屋，排列整齊，正像一所頗具規模的大學校。大門無警衛，周圍僅有矮矮的鐵絲籬，這種設置，與其說防範囚人越獄脫逃，倒不如說防範宵小入內行竊，較為貼切。建築物有教堂，學校，戲院，圖書館，健身房，宿舍，膳廳，醫院，工場，農場等等，應有盡有。臥室內有一床一桌一椅一櫥，衣物自理，鑰匙自佩，出入自由。在監者服陸軍剩餘制服，互稱姓名，不呼號碼。家屬得隨時前去探視，或在會客室談話，或在膳廳共餐，毫無限制。管理全部採榮譽制 (Honor System)，在監者除須遵守一些規章外，別無羈束，自成一個自由社會。其中有二所農屋，每所住四十人，不設監視人員。有一新進監者見了，深為驚異，問道：「這屋子諒必是給刑期較短的人住的吧？」在旁一人答道：「我便住在這裏。」「你的刑期有多長？」答道：「三十年！」

因事入獄的，無論刑期短長，總覺得長夜漫漫，焦灼痛苦，但是轉入這所改過院後，便油然生了新希望，覺得自己在社會裏還有地位，仍受人尊重，正可在此韜晦思過，從頭做人。

自入院至出院，須經三個程序，都是以感化為目的，略舉如左：

（一）入院程序 (Admission and Orientation)——為期一月，內容有：

㈠談話 (Interview)　旨在明瞭入院者的家庭及社會背景，犯罪原因及環境，個人的志趣及希望。

㈡康樂 (Recreation)　旨在明瞭入院者的性格，興趣及嗜好，並調劑其情緒。

㈢測驗 (Tests)　考驗入院者的體格，智力，能力，教育程度及特長。

㈣講習 (Orientation)　闡明院內規章，紀律，團體生活之條件，互助合作之真諦。

（二）分類 (Classification)——由一委員會根據甲項資料，縝密研究後，予以分類，內容有：

㈠教育分類 (Education)

㈡職業教育分類 (Vocational Education)

㊂工作分類 (Job)

㊃居所分類 (Housing)

㊄社會發展分類 (Social Development)

(三) 出院準備 (Pre-release)——亦由一委員會主持，分為三項：

㊀附條件釋放 (Conditional Release)

㊁無條件釋放 (Unconditional Release)

㊂假釋 (Parole)

監犯出院須先獲得就業的機會，生活不成問題，方不致重蹈犯罪的覆轍，故該院對於出院就業一節目，尤為重視，往往須經過多次的考驗，討論，和談話後，才作決定。例如，第一次，由一觀護員 (probation officer) 講述出院後應守的規章，對社會應盡的責任及事業上可能發展的前景；第二次，由職業輔導會派員講述當地就業的機會，工作條件，及勞資關係；第三次，由工商業負責人主持，以一般僱主的立場，說明資方對勞方的態度，僱傭的條件，勞資合作的方法；第四次，由勞工代表，純以一勞工的立場，講述僱傭關係，工作情形，及勞資合作的經驗；最後，乃由特定僱主提出具體的方案，報酬，條件，表示願收用出院人，希望彼此開誠相見，衷心合作。

刑罰的本旨在預防犯罪，但犯罪既成事實，則由整個的社會利益以觀，刑罰問題反不若善後問題之重要。因此，法官量刑，監獄執行，均須出諸審慎，以期得中。惟有使犯者有改過自新的機會，始足為社會消除一害。若國家無積極性的刑事政策，凡遇犯罪者，一律以「疾惡如讎」的態度，從嚴懲處，則受刑者或會心生反感，不但不知悛悔，且更進而與社會為敵，殺多人亦僅以一命相抵，鋌而走險，以為洩忿，其貽害社會將永無底止。故刑罰若取報復主義，必致怨仇連結，殊非社會之福。孔子主張「以直報怨」，意在明辨是非，宗教家主張「以德報怨」，意在解怨結好，原是各有千秋，須善為運用，未可執一而從。美國亞爾克託拉斯監獄，對罪不至死，而無可救藥者(incorrigibles)予以消極的長期錮禁，但其人期滿出獄，往往對社會結怨更深，為害益烈。西格維爾監獄，對於人犯，尊重其人格，予以優待，是用「以德報怨」的手段，實施感化，結果，出院者大多改邪歸正，一變而為社會的馴良份子。

據云，西格維爾監獄是一人格改造所，對行將沉淪之人，施以積極的撈救工作(salvage)。

二〇、一個逗點

二月九日星期日上午十時半，自臺拉斯登美國航空公司的班機飛華府，下午三時零五分到達，雇汽車逕回總統旅館。

十日晨，謁董大使，報告旅行經過。董大使以其所著演講集一冊見贈，題為《亞洲危機中自由中國之地位》(*Free China's Role in the Asian Crisis*)。辭出大使館後，即轉往美國教育協會，訪孟古爾博士(Dr. Frederick R. Mangold)，商談在華府最後一段的節目。下午三時由孟古爾博士陪同往訪美國最高法院院長華倫先生(Chief Justice Earl Warren)，談共產主義猖獗中，共同防守法律陣線之重要，言間頗契合，並攝影留念而別。

十二日下午，參觀美國大學(American University)，晤校長安德遜博士(Dr. Hurst Anderson)及副校長麥克倫博士(Dr. Dayton E. McClain)（麥博士現年七十九歲）。按美國大學與東吳大學屬同一教會，因以東吳在臺灣復校之經過，作一報告，並請求予以協助。為強調宗教與法律的關係，曾提出後列二個不待解答的問題：

（一）有社會而無法律，將成為何等的社會？

（二）有法律而無宗教，將成為何等的法律？

我舉原子彈及飛彈為證：美國製造此項武器，旨在防止該項武器之使用，蘇俄製造此項武器，旨在使用該項武器，以逞其殘殺人類之暴行。對於同一武器之製造，而動機及手段有若是之不同，蓋美國為一以基督教為中心之法治國家，而蘇俄則不然也。遂作結論云：教會當前之要務為提倡以基督教為中心之法律教育，以挽救世界危局。

臨別，安德遜校長說我是一很好的販賣員（a wonderful salesman，意謂宣傳員），我答道：「我販賣的是一個理想——主張加緊培養以基督教為中心的法學人材。」(I'm only peddling a piece of idea—the idea of training more Christian lawyers.)

二月十三日晨，由婦女投票人協會 (League of Women Voters) 的馬立斯夫人 (Mrs. Charles Morris) 陪同參觀美國參眾二院，遇眾議員吉敦 (Mr. Kenneth Keating) 及參議員基孚佛 (Mr. Estes Kefauver)，談話中強調自由國家必須衷心合作，並肩作戰，共禦法律陣線。旋至參院旁聽，因無大案，人數寥寥，十五分鐘後即退出。轉往眾院，聽民主黨議員麥考密克 (Mr. McCormick)，以紀念立陶宛獨立為題，發表一篇激烈的反共演說，極為精采。時已午後一時，遂偕同馬立斯夫人逕返旅舍。下午至國務院辦理最後手續，並往大使館辭行。晚間假座十三街北京樓宴國務院招待人員，以示謝忱。

二一、雪夜長譚

一月十四日晨，自華府搭東方航空公司 (Eastern Air Lines) 班機，飛紐約市，寓第六街及第四六道間之世紀旅館 (Century Hotel)。至此，訪美之任務已畢，掛牽全無，訪問故舊，躑躅街頭，頗覺悠閒自得。

十五日下午，天忽轉寒，雪花飛舞，如搓綿扯絮，愈降愈緊。三時許，吳師德生由其世兄駕車至旅館見訪。闊別十載，海外重逢，倍形親切。略事寒暄後，吳師即邀我去其紐威克 (Newark) 寓所，暢敘契闊，遂偕行。

吳師現任天主教西敦大學 (Seton Hall University) 法學教授，正在編著一本法理學，屋中滿堆書籍，足徵其平日治學之謹嚴。吳師母作了幾味家鄉珍品，慇懃款待，盛情可感。膳後倚窗一望，屋角樹頭，堆銀簇玉，一片皚白。我們同在客廳閒坐，上下古今，無所不談，直至午夜一時，始搭一友人便車回旅舍。後列片段，為我們所談論到的幾個問題。

（一）宗教　吳師問我是否深信人有靈魂，將超升天國。我答道：這是推定的，否則基督教教義便無從說起。吳師對我此答，似乎不很滿意。我加申說：耶穌說，上帝在經裏說過，我是亞伯拉罕的上帝，以撒的上帝，雅各的上帝。上帝不是死人的上帝，乃是活人的上帝。（〈馬太福音〉二二：三二；〈路加福音〉二〇：三八；〈馬可福音〉一二：二七）耶穌又說，除了從天降下仍舊在天的人子，沒有人升過天。（〈約翰福音〉三：一三）耶穌的禱告文曰：願父的國降臨，願父的旨意行在地上，如同行在天上（〈馬太福音〉六：一〇）。耶穌降生時，天兵讚美上帝，在至高之處榮耀歸與上帝，在地上平安歸與祂所喜悅的人（〈路加福音〉二：一四）。上帝創造世界，創造人類，祂看著是好的（〈創世紀〉一）。上帝愛世人（世界），甚至將祂的獨生子賜給他們（〈約翰福音〉三：一六）。可見上帝愛這世界與愛天國無異。耶穌降世，是要將天國降臨在地上，人間得到平安（〈馬太福音〉六：十）；祂來救有病的人，有罪的人，不願這小子裏喪失一個（〈馬太福音〉一八：一四）；祂不是來審判世人，對善人擢升天國，惡人送入地獄（〈約翰福音〉十二：四七；八：十一）；所以，我們不必研究人死後靈魂能否超升天國，倒要問人在生前心靈是否已接近天國。若為自私心所籠罩，天天祈禱上帝許他的靈魂升上天國，這人在人間還得不到平安，天國那裏會有他的份兒？

那末，怎麼能使心靈接近天國呢？耶穌說：我是道路，我是真理，我是生命（〈約翰福音〉一四：六），叫一切信祂的都得永生（〈約翰福音〉三：一五）。又說，凡祈求的就得著，尋找的就尋著，叩門的就給他開門。（〈路加福音〉一一：九）再說，風隨著意思吹，你聽見風的響聲，卻不曉得從那裏來，往那裏去，凡從聖靈生的（重生），也是如此（〈約翰福音〉三：八）。故重生是指靈性生活的開始，是指心靈在無形中的轉變。其實，我們不用祈求，不用尋找，不用叩門，耶穌天天在我們面前，祂便是道路，生命，真理，只要我們接受，便可得到。

上帝的旨意是怎樣講的呢？耶穌將十誡歸納為兩點：(1)你要盡心，盡性，盡意愛主，你的上帝，(2)其次，也相倣，就是要愛人如己（〈馬太福音〉二二：三七）。耶穌又將兩點歸納為一點：我賜你一條新誡命，乃是叫你們彼此相愛，我怎樣愛你們，你們也要怎樣相愛（〈約翰福音〉一三：三四）。祂又解釋道，我來不是要廢掉律法，乃是要成全律法（〈馬太福音〉五：一七）。祂把一切誡命律法歸納為一「愛」字，以愛來成全律法，春風化雨，萬物滋生，是上帝的大愛。嬰孩沒有父母之愛，不能長成；父母之愛，也就是上帝之愛。孔子曰：「四時行焉，百物生焉，天何言哉。」上帝的大愛隨時隨地都在表現，只怕吾人不能理會。上帝創造了萬物，他看著是好的，就賜福給這一切，說，滋生繁多；上帝創造了人類，就賜福給他們，說，要生養眾多（〈創世紀〉一）。耶穌見路旁一棵無花果樹不結果子，便使它萎枯了（〈馬太福音〉二一：一九），不結果，不繁殖，沒有貢獻，便是有罪。倘以樹來比人，此人便不能接近天國。這正符合《周易．繫辭》所說「天地之大德曰生」。上帝假古今聖哲的口洩示天機，天機就是生機。耶穌蒙難之前夕，以他的血和肉作誓，賜給門徒一道新遺命——《新約》。《新約》便是以愛來培養生命的誡命。保羅說，祂叫我們能承當《新約》的事，不是憑著字句，乃是憑著精義，因為那字句是叫人死，精義是叫人活（〈哥林多後書〉三：六）。所以，禱告是方法不是目的；行上帝的旨意，才是目的。耶穌說我是道路，真理，生命，其實祂著重在道路（〈約翰福音〉十四：六）。惟有經由這道路。才能得到真理和生命。我們要信奉耶穌，實行上帝的旨意，才能進入靈性的境界，這個靈性的境界便是天國。

吳師信奉天主教（舊教），原是和我同道（新教）。他曾將詩篇和《新約》，譯成文言，對於教義造詣極深，我在他面前談宗教，原是班門弄斧。但是，我是他的學生，他提出這個問題，或者意在考驗，我們基督教徒不該說謊，不管是否準確，必須將我信仰的基礎直率地說出來。吳師沒有辯駁我，所以，我的考試成績是否及格，至今還未揭曉呢。

（二）法律　吳師是法律哲學家，他論法律是超出法律文字以上的。我很慚愧，當初沒有在哲學上用功夫，現在縱然有一些思想，卻沒有工具來表達。但我向來以為法律雖形諸文字，而文字不即是法律 (Law is expressed in word, but the word is not the law.)。所以，我們的見解頗為接近。下面記的可謂是我們共同的結論。

我們承認法律的本身是一種力量 (Force)，正似水流，電氣，原子一般。任何力量要加以適當的管制或導引，才能發生有益的功用，管制或導引不當，便會洪水橫流，造成彌天大禍。所以，不用法律不能治國，迷信法律或妄用法律，也足以禍國。

> 紂之同母三人，其長曰微子，其次曰中衍，其次乃紂，甚幼。紂之母生微子與中衍時，其身份為妾，已而扶正為妻，乃生紂。紂之父母欲置微子為太子，太史據法而爭之曰，有妻之子，不可置妾之子。紂故為後。呂子曰：「用法若此，不若無法。」（《呂氏春秋・當務》）

此之謂「一言喪邦」。依現代法律，私生子之父母結婚者視為婚生子，這問題已不會發生。但在往日，這正是士大夫們以生死力爭的大問題，一些不能馬虎。今天的法律固然比從前合理，然在用法時，仍可能因拘泥於文義，而造成了許多悲劇。法律要重精神，不單靠邏輯，正如保羅所說，字句叫人死，精義叫人活。法律的精神，也如基督教所主張的一樣，是要叫人活，叫人活得豐富美滿。所以，學法律的不但要通文理，法理，事理，尤其要明真理。真理便是正義，便是公理，便是法律的精神；推之，法律的精神，便是基督教所主張的「義」(righteousness) 和「愛」(love)，便是孔子所謂「忠恕」，孟子所謂「仁義」。凡此種種都是叫人活，不是叫人死。

具體的法律可以「行路規則」作個例證。這些規則，世界各地大致相同，雖不一定是經由立法程序，但其重要性並不以是而稍減。現代生活不能無汽車，因之，也不能無此項規則，倘無此項規則，汽車不能在路上行駛，行人也無法在路上步行。所以這種法律便是叫人活，叫人活得更豐富美滿，大家必須接受遵行，違抗不得，否則，不受天罰，便受人罰。燃著火的爐鍋，不可以手觸碰，倘孩子不聽父母的叮囑（世上父母沒有不如此叮囑孩子的），伸手去觸碰，便會被灼傷，大哭起來，這是天罰；倘父母見孩子伸手，趕緊攔住，將他打幾下手掌，這是人罰，人罰也就是代表天罰，因為這是本於「愛」而施行的刑罰。受了人罰，便免了天罰，受了小罰，便免了大罰，此之謂「小懲而大誡」。

路上行人犯規，被汽車撞傷，群眾看到，往往不問是非，盲目的表示同情；甚至還有人挑撥階級鬥爭，說道，坐汽車的都是有錢有勢的人，大不了賠幾個錢完事，窮人要靠步行，血肉之身，那裏拼得過汽車，幾曾見汽車與人相撞，汽車反被人撞得粉碎？法律本於大仁大愛，須從大處設想，不重婦人之仁。吾人對於受傷的行人，固應有惻隱之心，但予以偏袒，則無異獎勵犯規，嗣後死傷者反將增多，愛之適足以害之。

法律須循自然之理，但與生理之理有所不同。達爾文(Charles Darwin)的進化論，是以物質生活為觀點，主張生存競爭，於人類社會無其適用，因為人有天賦的靈性，除物質生活外，還有精神生活，同關重要，到了是非分際，往往肯犧牲小我，成全大我。這便是人與其他生物不同之處。法律的主旨在使人人能生存，「造端乎夫婦，察乎天地」，老幼鰥寡，一個也不被遺漏。

我們的最後結論是，全部《聖經》是法律，全部《論語》也是法律，但文字不便是法律。儒家都是法家，但法家卻不全是儒家。

吳師的臨別贈言是：「你是自然法學派」。

二三、國際會議

二月十七日星期一，陰曆除夕，紐約積雪九寸。下午二時，偕同劉亦鍇大使赴飛機場，搭瑞士航空公司 (Swissair) 的飛機往日內瓦。旋海洋法會議執行祕書梁鋆立學長和他的夫人公子及其高足陳女士亦到。飛機原定於三時三十分出發，惟因前一天的班機以天氣關係停航，須將兩班旅客併入一機，公司一再變更起飛的時刻，一再道歉，直至七時三十分始登機，八時三十分才升空。在機上進晚餐後，即各蒙一毛氈就寢。睡至三時許，窗外已露曙光，打開窗帘，見一片雲海，漫無邊際，東方天空，金光萬道，一輪旭日，冉冉上升。飛機正向東行，元旦日在大西洋上空觀日出，心中起無限興奮。八時三十分（紐約時間）到日內瓦，已日影西斜，對照日內瓦時間已為下午二時三十分。機場有汪德官、朱家驤諸君迎接，提出行李後，即分別投宿預定的旅館。我住洛桑路的家庭旅館 (Hotel des Familles)。

我們到日內瓦時，距海洋法會議開會的日期尚有六天，國內派來的同仁，還沒有到齊。我就利用這一段時間，看了一些參考資料，小作準備。

二月二十四日下午三時，會議正式開幕，被邀出席者八十餘國（包括若干非會員國），各國首席代表均為全權大使階級，即襄助者亦皆高級官員或學者名流。場面偉大，冠蓋如雲。會期九星期，分五個委員會：⑴領海，⑵公海，⑶漁權，⑷大陸礁層，⑸內陸國家通海權，同時集會，自晨至暮，甚為緊張。迨至後期，即週末亦不休假，每日分晨、午、晚三次集會，往往至翌晨二時始散。我以中國代表出席第四委員會四十二次，第五委員會六次，起草委員會三次，並輪流出席大會。

吾代表團以維護聯合國及國際法為立場，所發議論，一以法理為歸，不斤斤以小利為爭，與各友好國家之代表周旋，亦能開誠相見，和衷合作。

就一般言，除關於領海問題，各國意見尚未盡趨一致外，其他公海，漁權，大陸礁層等項，均獲致協議，使過去未臻明確的種種問題，趨於明朗化，有裨於國際和平，殊非淺鮮。

茲以本人自始至終參與討論之「大陸礁層」問題，舉其梗概：

（一）定名　「大陸礁層」(Continental Shelf) 亦譯作「大陸架」，「大陸棚」，或「大陸臺」，雖為直譯，然皆非適當之學名，未足表示確切之概念。嗣以聯合國須制作中文官定本，其中文組與代表團洽商，遂請示外交部，經外交部核定其名為「大陸礁層」。顧「礁」字原義為海上或明或暗之小島或岩石，「礁層」一語或易誤為沿海礁石密集之區，而為航海者所視為畏途者。故此一名詞之譯名，至今仍有待於學術界之推敲。

（二）定義　所謂「大陸礁層」，指與大陸（包括島嶼）相接之海底地區，在地質學及海洋學上，固早存在，但在國際法上則直至一九四五年九月二十八日，美國杜魯門總統宣布「凡與美國海岸相接公海海底地區之海床及底土之天然資源，應歸屬美國，而由美國管轄控制」後，世界各國始競起作同一之主張，釀成國際間爭持不下之問題。「大陸礁層」在地質學上本有其自然之定形，在若干國，其地區延長至領海以外數百浬之遙，而在若干國，其海岸地勢如峭壁中斷，領海以內已無「礁層」之可言。因此新資源地之發現，遂造成國際間利害不平衡之局勢。主張擴大者謂，此一地區為大陸之延長，應視若大陸之一部，歸沿海國所有；反對者謂，此地區既在領海以外，確認其權利，無異擴大領海之範圍，妨礙公海自由。國際法委員會，以此地區資源之開發，足以造福人類，故編入平時國際海洋法，提出大會討論。會商結果，確定「大陸礁層為接連海岸而在領海以外之海底地區，其上覆海水深度不逾二百公尺，或雖逾此限度而其上覆海水深度無妨於天然資源之開發者」。此為嗣後國際法上之定義，與地質學上之定義，有程度上之不同。

(三) 權利之範圍　會議討論結果，確認沿海國對於「大陸礁層」，為開發天然資源之目的有主權上之權利 (sovereign right)。所謂主權上之權利，指基於主權 (sovereignty) 而發生之權利，但考其實際，蓋亦不外杜魯門總統宣言所云之「管轄權及控制權」(jurisdiction and control) 而已，雖以開發天然資源之目的為條件，然沿海國如不行使此項權利，他國非經其同意，不得有所主張，故仍屬排他權。此「主權上之權利」，用語是否確當，為另一問題，但因其行使於沿海國領海以外，自不免侵及公海自由。公約為避免衝突計，特更就此項權利加以下列之限制：(1)不得妨礙公海及其上空船舶及飛機之航行，(2)不得妨礙在公海海底電纜、油管之敷設，(3)不得妨礙公海捕魚或海中資源之養護，(4)不得干涉以公開發表為目的之海洋學或其他科學之基本研究，庶幾國際法上固有之公海自由，仍不致因是而受有重大之影響。

（四）資源之範圍　領海以外之海底，本屬公海之範圍，歸國際社會共有。依法理言，共有物 (res communes) 與無主物 (res nullius) 不同，共有物本有共主，故不能以先占而取得，然大陸礁層資源之開發，則非占有一部份海面及海底，即無法實施，與流動性之公海捕魚權，迥然有別。因是，任何一國均無法染指，以致大好資源，長埋海底。正當人類深感資源缺乏之際，暴殄天物，殊為可惜，杜魯門總統因有一九四五年之宣言，確認此項地帶之資源，應由美國控制管轄，初旨僅在開發沿海海底地區之石油及鑛物，不及其他，嗣因各國爭議紛紛，乃於會議中決定擴大其範圍。現依公約所定，「天然資源包括在海床及底土之鑛物及其他無生資源及定著性之有生機體，即於收穫時期在海床上下定著不動，或非與海床或底土經常接觸即不能行動之有機體，但甲殼類及游泳類不在其內。」（參照海洋法修正草案第六十七條至第七十三條）

會後，若干學者評云，大陸礁層原屬地質學之範圍，故應以底土 (sub-soil) 為限。所謂「海床」(sea bed) 乃介於海洋及底土之間，究應視為海洋之底，歸屬海洋，抑應視為底土之面，歸屬土地，尚待澄清。若為前者，則海床之資源，應屬海洋，若為後者，始屬大陸礁層。

國際會議往往因各國利害衝突，無法調和，而告失敗。譬如，關於領海問題，大國憑其雄厚之實力，善於經營開發，因企圖限制他國之領海，俾其在公海之活動範圍，日益擴大；小國自知不敵，因欲推廣自己之領海，以限制他國在海洋上勢力之膨脹。國際社會尚不能脫離現實利害之觀點，統一國際法之前途尚多荊棘，仍有待於高瞻遠矚者之繼續努力焉。

二三、湖光山色

瑞士位在歐洲中部，東接奧國，西鄰法國，南連義國，北毗德國，有阿爾卑斯山脈盤結於其東南，河流縱橫，湖沼羅列，山川之勝，冠絕歐陸。

日內瓦市跨羅昂河（Rhône），抱日內瓦湖，瑞士名勝之一也。年來重大國際會議，大都在此舉行，聯合國就前國際聯盟會原址，設歐洲局，國際勞工局及萬國紅十字會總部亦設於此，終年冠蓋相望，結轍於道，儼然為一國際政治中心。

日內瓦湖之東南，有勃郎山（Mont Blanc），為歐洲第一高峰，戴雪披雲，在晨曦暮色中透視，若近若遠，變化萬千。湖水碧澄，白鵝水鳥，浮游其間，旁若無人。東西兩岸，各築橫堤，以緩水勢，上建燈塔，其春泉渡頭（Jetée des Eaux Vives），設有噴泉，放水時，高射達四百七十五尺，陽光反映下，彩暈如虹。湖之兩畔，旅舍林立，無不軒昂壯麗。湖濱園地，綠茵如錦，奇花異葩，遍地皆是。古木森蔭下，幛華蓋，設茶座，仕女成群，衣香鬢影，湖光山色，相映成趣，徘徊其間，宛若身在洞天福地。

筆者居此二月，整日忙於開會，不覺冬盡春來。復活節時曾偕同友人往遊洛桑、伯爾尼（Berne，瑞士首都）、聯湖 (Interlaken) 及少女峰 (Jungfraujock) 等地，遊冰宮，觀滑雪。其餘假日，無非在湖畔徜徉，街頭踟躕，遊興雖濃，終以春寒料峭，無法展開。

日內瓦市人口十八萬（號稱二十萬），政治清明，商業繁榮，以製造鐘表、機器、織繡、糖果著名。山明水秀，遊客接踵，故旅館及觀光事業尤為發達。銀行制度亦極健全，各國豪富，多樂在瑞士存款，以其保障周密，不受政治影響故也。

海洋法會議行將結束之際，司法行政部查良鑑次長函囑研究歐洲各國之提審法及冤獄賠償法諸問題，因訪日內瓦上訴法院推事葛列文 (Jean Graven)，由其介紹轉訪地方法院院長，檢察長，及推事檢察官多人，並在法庭旁聽。初意，吾司法制度與瑞士大略相似，關於上述問題，必可搜集豐富資料，滿載而歸，然結果竟毫無所獲，大失所望。

關於提審法問題，據云，日內瓦市從未發生過這類案件。警察機關拘捕嫌疑犯時，未有不於二十四小時內解送法院，若逾此時限，必即釋放。被逮捕者如有必須羈押之情形時，亦須由法院預審後，以裁定為之。若果有非法羈押之情事，除依法得聲請提審外，並得向議會申訴，必引起軒然大波。

關於冤獄賠償問題，有一九〇〇年五月二十五日頒布之「國家民事責任法」，僅三條，請由一位留瑞同學毛森君譯成國文。

第一條　日內瓦州及行政區對於司法官員於執行職務時，因故意、過失、或疏忽之不法行為，致第三人受有損害者，應予賠償。

第二條 日內瓦州及行政區對於公務員或僱員於執行職務時，因越權行為致第三人受有損害者，應負賠償之責，但以不能證明已盡相當注意以防止損害之發生者為限。

第三條 前二條規定之民事訴訟，仍依聯邦債務法一般之規定。

據華檢察官(Foëh)云，國家民事責任法，在適用時，極為嚴格，非有顯然違法之情事，未可輕予援用，否則司法及行政事務，將受其牽掣而無法推行。就彼所知，十餘年來，僅發生一案。有一刑事被告，經告訴人撤回告訴後，法官因一時疏忽，忘予釋放。嗣由該被告依國家民事責任法起訴，獲得賠償。這種訴訟純屬民事性質，適用民事程序。

關於冤獄賠償問題，吾國憲法早有規定（憲法第二十四條），醞釀已久，以顧慮甚多，迄未制定法律，付諸實施。日內瓦雖有此法，但十餘年來僅發生一案，置法而法不用。有人謂，倘我國亦行此法，難免訴訟紛起，國家不勝負擔。

按諸我國現行法，關於行政官署之違法處分，行政訴訟法第二條已有得附帶請求損害賠償之規定。關於公務人員個人之賠償責任，民法第一百八十六條也有規定。惟因司法官違法失職，國家應負之民事責任，迄無明文。顧法官非為聖人，若在無意中偶有錯誤，法律應為之留有餘地，否則，司法職權即無從行使。

再者，「冤獄」二字，亦待斟酌。許多刑事案件，法官並無故意或過失，最後因法律見解之不同或程序關係，或查明事實而宣告無罪，或不予處刑者，細按之，亦不能謂非「冤獄」。若於此情形，國家亦應負賠償責任者，則偵查審判，必大受障礙。結果，為避免責任計，可能將明知冤枉的事情，索性冤枉到底，殊與立法的原意相反；也可能將明知不冤枉的事情，輕予放過，亦與刑事取發見真實主義，期於無縱無枉之政策有悖，凡此情形，雖不能謂其必有，亦不能保其必無。

再有進者，此項法律於法官處理民事及行政訴訟事件，應同有其適用，「冤獄」一語，其義只限於刑事，亦不足包括及之。

據龐司推事 (Judge Maurice Poncet) 告知，瑞士在二次世界大戰未被捲入漩渦，人民衣食豐足，以是訴訟不興，日內瓦法院每年受理民事案件，僅二百件，除違警事件外，最高五年以上有期徒刑之刑案約十件，五年以下者約二百二十案。現在日內瓦監獄羈押者僅一人。死刑已廢除。有人指稱，我國須有若是之社會環境，始足以談冤獄賠償法。

歐美山水風景固值得一觀，物質文明亦足令人羨慕。但典章制度，總以適合各國特殊情況為要，不必標新立異。一國司法制度之健全與否，不純以冤獄賠償法之有無為衡也。

三月四日是陰曆元宵佳節，晚膳後我在日內瓦湖畔，踽踽獨行，一輪冷月，寒風砭骨，甚感淒涼，而不能效詩仙李白，「舉頭邀明月，對影成三人」，自我陶醉。回旅館後，寫了一張風景明信片寄給一位國內的朋友，說道：「日內瓦風景雖好，然月亮卻沒有像家鄉那麼團欒，那麼明朗。」

二四、德瑞司法

筆者於四月二十三日至二十七日間參觀日內瓦法院，五月五日參觀漢堡法院，均曾在各法庭聽審，並與法官晤談。茲舉德瑞二國的司法體制，略述如次：

一　瑞　士

瑞士聯邦為二十七州 (Cantons) 所組成，民刑等實體法為聯邦法，通常程序法則由各州自行制定，現有二十二種之多。

（一）刑事

㈠初審法院

（甲）保安法院（Tribunal de police，即警察法院）　由三人會審，其中一人為法官 (lawyer)，二人為平民，但平民亦為審判官 (judges)（非為陪審員），審理最高刑為六個月以下有期徒刑，拘役，或罰金之刑事、及其他違警、車務、遺棄等案件。不服，得上訴於小刑事法院 (Cour correctionelle)，再不服，關於程序問題，得上訴於刑事上訴院 (Cour de cassation)；關於聯邦法律問題，得上訴至聯邦法院 (Tribunal federal)。

（乙）小刑事法院　由七人會審，其中一人為法官，六人為平民（均為陪審員），受理最高刑為五年以下有期徒刑案件之第一審，及對保安法院判決之上訴。其處理第一審案件，亦得依被告選擇，由法官三人合議，不行陪審。

（丙）大刑事法院 (Cour d'Assises)　由法官一人，陪審員十二人判審，受理最低刑為五年以上有期徒刑案件之第一審案件，每月開庭二次，依法應行陪審。

㈡上訴法院

刑事上訴法院 (Cour de cassation) 由法官三人合議，不行陪審，受理對保安法院判決上訴之第三審及對小刑事法院大刑事法院判決上訴之第二審。

㈢聯邦法院

聯邦法院 (Tribunal federal) 由法官五人合議，受理關於法律問題之上訴案件，為終審法院，不行陪審。

行陪審程序者，法官亦得參加意見，表決時票數相等者，由法官投決定票。陪審團之決定，應向公開法庭宣布之，其為有罪者，由檢察官提出關於處刑期間之意見，經被告辯護人辯論後，再由陪審團議決宣布，方成定案。

陪審團由被告律師及檢察官合意選擇，須宣誓，其與被告有特定關係者，應迴避。陪審員每日日費五個瑞士佛朗，審判期間由國家供給膳宿，不得回家。

（二）民事

民事法院一律不行陪審，亦如刑事法院，分為三級：

㈠第一審法院 (Tribunal de premiére instance) 由法官一人獨任。

㈡第二審法院 (Cour de Justice) 為上訴法院，由法官五人合議，關於州法律及程序問題，此為終審。

㈢聯邦法院 (Tribunal federal) 由法官五人合議，為民事終審法院，僅關於聯邦法律之問題，得上訴至聯邦法院，但標的金額在五千瑞士佛朗以下者，雖屬法律問題，亦不得上訴至聯邦法院。聯邦法院每自為判決，案件發回者無多。

日內瓦地方法院之法官為民選，四年一任，連選得連任。事實上，凡提名者總能當選，如無大過，亦必連任，與終身職無異。

關於法官資格，凡在法律學校修習法律三年以上，經考試及格，並在律師事務所實習二年，再參加律師考試及格後，得充任律師，有律師資格者得競選為法官。故凡為法官者必曾充律師。上述龐司推事曾執行律務三十年。

法官候選人由政黨提名，人民公選，女子無選舉權，據云，女子不欲爭此權利也。瑞士現有五大政黨：⑴激進黨 (Radical)，⑵民主黨 (Democratic)，⑶基督教社會黨 (Christian Socialist)，⑷社會黨 (Socialist)，⑸共產黨 (Communist)。年來共產黨勢力膨脹，其他四黨以聯合陣線為對付，故司法方面尚無共產黨插足其間。

二　漢　堡

五月五日筆者參觀德國漢堡法院，先是，由蒙赫博士 (Dr. Münch)，函介與地方法院庭長哈屆拉脫博士 (Dr. Guenther Hardraht)，推事吉俊先生 (Jurgen Kitzing)，普魯斯尼斯女士 (Miss Prausnitz) 晤談，旋由一實習人員鮑脫倫君 (Gunter Bartram) 陪同至各法庭聽審。時刑庭正審理一女子謀殺親子，損壞屍體案，由法官三人，平民六人會審。此案係聯邦最高法院，以事實尚欠明瞭，發回更為審理，其關鍵在剖解屍體時，此為生孩，抑為死孩。庭上旁聽者甚眾，為轟動社會之巨案。

德國司法組織，有初級法院，地方法院，州高等法院，聯邦最高法院等四級，略述如次：

（一）刑事

㈠初級法院 (Amtsgerichte)　原則上由推事一人獨任 (Amtsrichter)，但亦得行參審程序 (Schoffen-gerichte)，由推事一人，平民二人會審，受理違警及輕微刑事案件，得科處六個月以下有期徒刑；經檢察官請求時，亦得科處一年以下有期徒刑。此為基層法院，遍設全國各地。

㈡地方法院 (Landgericht)　分第一審及第二審兩級：

（甲）第一審　分普通刑事庭及參審庭二種，前者由推事三人平民二人會審 (Strafkammer)，後者由推事三人，平民六人會審 (Schwurgericht)。

（乙）第二審　受理對於初級法院獨任推事判決之上訴，由推事一人，平民二人會審 (Kleine Strafkammer)，對於參審庭判決之上訴，由法官三人，平民二人會審 (Grosse strafkammer)。

㈢州高等法院 (Oberlandesgericht)　由推事五人合議，無平民參加。受理內亂外患等案之第一審，亦為終審，及對初級法院及地方法院判決之第三及第二審上訴事件。

㈣聯邦最高法院 (Bundesgerichtshof)　由推事五人合議，純為法律審，僅對於地方法院參審庭 (Schwurgericht) 及高等法院大刑事庭 (Grosse strafkammer) 受理第一審之案件，得以違背聯邦法律之理由上訴至聯邦最高法院。最高法院有統一解釋法律之權，由推事九人組大合議庭行之。

刑事偵查不公開，但被告辯護律師得在場。被告之羈押應由法院預審推事詢問後裁定之，凡在押者至遲須於一個月內正式審判。審判時檢察官與被告辯護律師相對坐，居平等之地位，據云，此僅於漢堡一處為然，其他各地法院，檢察官仍與審判官同席，與我國現制相同。

（二）民事

㈠初級法院　由推事一人獨任，受理標的在一千馬克以下之債務案件及類同我國行簡易程序之案件暨法定扶養義務，私生子認領等案件。

㈢地方法院　由推事三人合議，受理標的在一千馬克以上之債務案件及其他不屬初級法院管轄之民事案件，暨對初級法院判決之上訴事件。關於商事，另設商事庭（Kammern für Handelssachen）由推事一人，商人二人會審，商事審判官由法院院長指定，為名譽職，專理有關公司、票據、保險、海商等事件。

㈢州高等法院　由推事五人合議（原為三人）受理對地方法院第一審判決上訴之第二審，及對地方法院第二審判決上訴之第三審。民事案件通常僅許上訴至州高等法院為止。

㈣聯邦最高法院　由推事五人合議，受理對州高等法院判決因法律上之爭點而提起上訴之案件，但初級法院受理第一審之案件，及地方法院受理第一審而標的在六千馬克以下之案件，均不得上訴至聯邦最高法院。提起最後上訴，須經州高等法院核准，但關於程序問題，或州高等法院之法律見解與聯邦最高法院之見解有歧異時，應准上訴。

聯邦最高法院關於變更判例及統一法律解釋等問題得組織大合議庭（Gross Senat），由推事九人合議，以院長為審判長，與刑事大合議庭同。

聯邦最高法院亦行言辭辯論，以其為法律審，故只限於雙方之律師出庭，旨在聽取兩造所持之法律上意見也。

德國法官任用資格，須在大學法科修習法律三年以上畢業，經國家考試及格，取得 referendar 資格（相等於檢定考試），復在法官，檢察官，或律師辦公室實習三年以上，再經第二次國家考試，取得 assessor 資格（相等於司法官律師高等考試），乃可充任律師或法官。

若法科畢業學生志在充任教授者，於第一次國家考試後，須續研究法學二年至三年，提出論文，經考試及格，得有法學博士學位，始得由助理教授遞升，故凡為教授者必為法學博士，但教授改任法官，仍須經法官考試 (assessor-examen)，方可任用，二者不相混。

法官待遇與行政官相等，而教授之待遇則較法官為高。

以上僅就德瑞兩國之司法制度，述其梗概。此兩制度，均與我國近似，然相形之下，我國現行制則較為簡便。制度宜乎確立，如經確立，雖非全善，亦不失為良制。德瑞制度，近年雖略有改進，然大體仍沿舊觀。筆者舉此數端，用資印證，無非欲加強吾人對現行司法制度之信念，意不在提倡改革也。

二五、專家政治

筆者於四月杪自瑞士轉往德、比、荷、英、法等國觀光。在德國，曾訪哥德的故居和貝多芬的故居；在荷蘭，參觀國際法院，遊覽花市；在比國，逛世界博覽會，訪安第威普 (Antwerp) 的海商法委員會；在英國，遊倫敦古堡 (Tower of London)，莎士比亞的故居，威立克古堡 (Warwick Castle)，且在威斯敏斯德寺 (Westminster Abbey) 參加禮拜；在法國，遊凡爾賽故宮，洛華宮藝術館 (Louvre)；在摩納哥，參觀熱帶植物園，海產館，以及著名的賭宮 (Casino)。這些都是在我為印象較深的地方，至於其他名勝古蹟，山川風景，以及無數的教堂博物館，凡我所到過的大概在歐洲旅行的人沒有不去過，限於篇幅，不贅述。

瑞士，比利時，荷蘭等都是歐洲的小國，而政治修明，朝氣蓬勃，文物風景，實在值得一看，可惜因時間太促，不能遍覽。嘗與二三友人談論，據他們告知，這些國家都是行的專家政治。依一般想法，所謂專家政治，一定是指政府負有行政責任的人員全是學者專家，其實並非如此。他們的專家都在學校裏或研究所裏，埋頭苦幹，很少擔任政府要職。凡任官吏者大都是我們所謂「通才」，而非專家。至於負政治上重要責任的人，是由人民選舉，更談不上「專家」，便是原為專家，一經當選，也得要拋棄他的本行，因為政治是多方面的，非專家以其所學所能擔當。同時，外國專家也不願荒廢他的專業，而幹政治。這種情形，不但瑞比荷等國為然，其他歐美國家亦莫不如此。美國核子研究，係委託各大學施行，如普令斯敦大學(Princeton)，加利福尼亞大學等。就是在工業方面，負有業務管理責任的，也大都不是在這一行裏的專家。外國分工明細，以是專家輩出，政治、經濟、科學日見進步。這種不成文的制度行之已久，本非新奇，但是我國卻還沒有完全做到，所以不惜多費一些筆墨，說明一下：

(一) 政治方面

㈠決策人員　決策人員便是政治上負責人員，大多是由人民選舉而對人民負責，如議員，行政長官，及其他分層負責之人員，要賢足以辨是非，能足以下決斷，但不必盡是專家。

㈢執行人員　執行人員便是管理人員，大都是處理例行 (routine) 事務，以有一技之長而能奉公守法，勇於任事為條件，如管理人員，會計人員，統計人員，編纂人員，記錄人員，聯絡人員等是。此項人員是專才而非專家。

（二）研究設計方面

現代政治所及的範圍甚廣，天文，地理，政治，經濟，社會，法律，國防，外交，物理，化學，生理，醫學，莫不包羅，而無一非為專門學術，若盡由政府自行處理，勢所不能。故關於各科之研究設計，必須交由學術團體或專門學者擔任，提出方案，然後由政府施行。譬如，我們要建造一所房屋，已有初步的決定後（決策），先交由建築工程師設計打樣（專家設計），乃僱工或交由承攬人依樣施工（執行）。

從是，政府若有重大設施，無論屬自然科學或社會科學的範疇，都要經此三個步驟，即⑴決策，⑵設計，⑶執行。例如，政府決定欲製造氫氣彈，必先作成初步方案提出議會，請求撥款（決策），乃交由大學研究所研究設計，作成細密的藍圖，施工之步驟，提出報告（專家），然後由行政部門，予以施行（執行）。

我們只知道西洋民主國家的政治組織是立法、行政、司法三權鼎立，卻不知其中還有專家這一環，在政治上發生重大的作用。行政部門固能體察社會的需要，決定幾個原則，但實際研究設計的工作還得委託各科專家擔任。政府機構裏雖也有少數專家在內，但他們偏重於決策及執行，無暇及於精密的設計及研究。德法等國最高司法機關遇有疑難的法律問題，也往往請大學法學教授共同研究，而其意見常被尊重，這不是說法官非為法學專家，但因他們終日忙於處理實際事務，已沒有餘暇，再做研究功夫。

外國一般議會很少自行立法，所以法案大都經行政部門提出，而由議員在討論時代表民意，作可否之決定而已。所以議員是決策人員，不是專家，也不必習法，因為他們不必自己動手作法。倘議會要自動立法，必交由各專門委員會，研究設計，而這些委員會的構成份子，往往都是專家，而非全為議員。

政府萬能，不是說政府裏須容納各項專門人才，而是說政府能儘量利用專家，將政治與學術劃分，以收分工合作之效。治國需要大才，而研究設計，則有賴於專家。專家是政府的智囊。

或謂，專家也是普通人，不能保其無誤，有何了不起之處。那也是對的，專家中確也有一無擅長的份子，不過，非重視專家，專家便培養不出來。美國第一顆人造衛星發射失敗，那當然是專家的設計研究還不周到，但是集合許多科學頭腦，來做研究，尚且會失敗，那末，艾森豪總統自己動手，豈能做得更好一些？所以美國政府不怪專家，而怪自己不從早決定政策，迎頭趕上。惟有獎勵專家，優其待遇，專家才會不斷地培養出來，但專家不必為政治人員。

我國政治上的缺點是沒有好好利用專家。就是有少數在外國研究科學的，回國後得有機會便希望做官，把所學的全部拋棄。學者專家都是以做官為最後目標，做到大官便算成功，做不到大官便是失敗。他們把專家身份看作一個過程，一種手段，根本不想在所學一門有所建樹。學工程科學的充任行政官員，指不勝屈，用非所學，真是浪費專家。同時，負有政治責任者，往往也自視過高，一旦大權在握，便自以為無所不能，輕視專家。我嘗見一沒有學過法律的主管人員，也捧了一部《六法全書》，大談法律，外國卻沒有這種現象。專家必不改行，非專家一定尊重專家。

「舜自躬耕陶漁以至為帝，無非取於人者」，這是我國古代的專家政治。

二六、建築師

西洋文明可由教堂及博物館二事以見之，任何一地，總是以此兩項最為可觀。但有人指稱，這些都是物質文明的表現，與吾東方的精神文明相較，瞠乎其後。這種見解，顯然是很不正確的。

西洋的歷史雖沒有東方那麼悠久，但其文明的造詣卻早追上了東方，他們的物質建設正是他們精神文明的表現。以美國為例，他們的憲法是屬精神的，沒有這個精神基礎，物質方面便不會進到今天的地步。

文明不是炫耀一部古老的歷史，或搬出幾位著名的死者，便可充數。文明是藉著物質的建設，以昭示傳統的民族精神，沒有物質，就沒有文明。「鐘鼓玉帛」是物質，也是文明。希臘羅馬頹廢的石基，不僅是表見歷史，也是表見文明，若以古老為榮，那末，吾家簷前的階石，每塊都有幾千年的歷史，也足自豪了。嘗見有人誇耀祖先，這正曝露他自己毫無成就。

筆者在歐美旅行，尤其在歐洲，看到崢嶸軒峻的建築物，油然起了景仰之心。我在這些建築物上所看到的不是物質而是精神。我在教堂的建築上，想見全部《聖經》，琳琅珠玉，呈在眼簾。我不信任何人走過這些教堂，會不看見這部《聖經》，我也不信任何人聽到教堂的嘹亮鐘聲，會不受到感召。我在博物館，藝術館，圖書館，所看到的是西洋文化。我在大英博物院，所看到的是他們過去的帝國。我在林肯紀念堂，所看見的是美國的民主精神。

歐美各國，國力雖有強弱之不同，而建築之富麗，市容之整齊，則無大異。街道橋樑，花圃亭臺，無一不美。銅像石刻，隨地皆是，靡不窮極巧思。林木蔥籠，噴泉迷濛，晚間映以電光，自成圖案。法國的凡爾賽宮，英國的威立克古堡，羅馬的聖彼得堂，土耳其的回教寺，都是數百年前舊物，而保存如新，內部鏤金錯采，畫棟刻椽，細膩絕倫，無一寸非藝術珍品。梵蒂岡宮的名家壁畫，數百年來，依然如故，筆鋒雄健，美不勝收，薈為大觀。比國市政廳方場，四周大廈，點綴著無數不同的雕刻，金碧輝煌，而仍調和停勻。歐洲雖歷經浩劫，而這些名勝古蹟被破壞者為數無多，足徵歐人愛藝術，重公德，雖在戰時，還知道珍惜文物，儘量避免不必要的犧牲。

羅馬的大圓劇場 (Coloseum)，雖已半缺，但仍保持其舊日之壯觀，曾在其地徘徊憑弔，想見當日人獅搏鬥，華冑滿座的氣象。

巴黎的鐵塔 (La Tour Eiffel)，高九百八十四呎，曾登其巔，鳥瞰全市。此塔為點綴一八八九年世界博覽會而建立，由法國名工程師艾費爾 (Alexander-Gustao Eiffel) 設計打樣，費時四年，於一八八七年一月二十八日開工，至一八八九年五月十七日落成，用一萬二千鋼條鋼片，由三百工人裝配而成，全塔重量僅七千七百噸，建築費六百五十萬弗朗。但這鐵塔是科學的巨構，而非藝術的結晶，今天，我們可依艾氏的圖樣，以較少的人工，較短的時間，在任何地點建造同樣的一座鐵塔，或者將之拆下，不損分毫移至別處。因此，當日的藝術家批評此為巴黎的羞恥，但七十年來這鐵塔卻成為巴黎上空不可或缺的特色。

人類愛藝術，好建築，原是本性。但在程度上東西方卻有不同。就大體言，東方的建築重在實用，而西方的建築則重在表見。路易十四的宮殿，即在表見其文藝天才。其他教堂等建築，無一非在表見時代精神，或個人的抱負。建築家，壁畫家，雕刻家，都受人民崇敬，不如我國往日，以工匠視之。建造教堂者死後，往往即葬在教堂裏，流芳百世。

由是推之，西洋的社會組織，政治建設，文藝，學術，得有今天的成就，莫非是師於建築之一意。再推之，大企業之建立，殖民地之拓展，海外事業之發揚，亦均為此一念之發動。《拿破崙法典》之為一建築物，亦猶如艾費爾鐵塔之為一建築物。英國往日之殖民家，稱為帝國建築師 (Empire-builder)。西洋人民本於「建築」之一意，造成了他們的歷史，文化，以及人間許多悲歡離合，或善或不善的後果。

二七、旅行三信條

旅行是樂事，也是苦事。隻身千里，風餐露宿，「如人飲水，冷暖自知」。顧旅行有益於身心，則不待言。筆者生平未讀萬卷書，卻當真行了萬里路。

現代旅行，不須攜帶鋪蓋雨傘，更不必「雞鳴早看天，未晚先投宿」，只須身懷一本旅行支票，一紙護照，便不怕起早落夜，風霜雨雪，天南地北，皆可隨心所往，比諸古人，難易何啻霄壤。但孤鴻遠征，事非簡易，總不能沒有幾個信條。

（一）問路　在一陌生地方，不辨東西南北，難免常常迷路，自必隨時求人指導。中國人向來不肯隨便請教人，筆者也犯這毛病，但到了國外，便不得不改變態度。在外國問路是一件極尋常的事，受問者沒有不詳細指點，最後還要叮囑你，「不要怕請教人啊。」最可笑的，竟也有很多當地人向我問路，可謂「問道於盲」。我遇此情形，也得駐了足，給他們解說一下，因為我在旅行中學得一個教訓，我所不知道的，隨時請教人；我所知道而人所不知的，詳細指點人；人所不知，我亦未知的，應對人說明原委，實行「知之為知之，不知為不知」的大道理。

某晚，我在日內瓦赴友人之約，上了舊城的高坡，轉了幾個彎便迷了方向，適巧遇到了一位青年學生，向他問路，他怕我搞不清楚，便陪我步行了約三十分鐘，送我到目的地。在海牙，我要到國際法院去，電車的路線雖沒有錯，但要步行一段路換車，有一位太太便帶我到另一車站，把我交付給司機，關照妥當了才回去。在羅馬，我要到大使館去，地點很冷僻，通常應該僱汽車前去，可是因為時間尚早，決定試搭電車，不料路線實在太複雜了，中間要換三次車。到了一個地點，問車上的司機和售票員，他們都回說不知道，問警察，他們也說不知道。後來，司機，售票員，警察，再參加了一二位路人，在街頭開了一次「臨時會議」，決定一個方向，把我送上另一輛電車。在巴黎大勝利門 (Arc de Triomphe) 周圍有十二道大路，旁邊還有很多岔路，我要去訪一位法國朋友，迷了方向，我固知道地點就在附近，但因限於約會的時間，不能多事摸索，所以向一位在路邊修理汽車的工友請教，我想他既住在附近，必定馬上能告訴我，不料他從衣袋裏掏出一本地圖，先查索引，後閱地圖，看了又看，足足費了十分鐘，我倒等得有些不耐煩了。後來他告訴我如何如何走，我依他的指點，穿過一條馬路，轉一個彎就到了目的地。事後，我深佩那位工友，頗有學者的風度，非自己確實知曉，不隨便教人。在國外最使我敬佩的是那些指路的人，總是態度和藹，富有同情心，常常放下自己的事情，先解決你的問題。

在問路一事上，我得到了許多益處，但也受過若干委屈。有時請教一二人，他們自己也不知道，卻又不肯示弱，約略指點一下，我信賴了他們，終至愈走愈遠，回轉頭來，時間已損失不少。但這些人也都沒有惡意，自無疑義。積了許多經驗，我得到一個處世的道理：任何事情，自己若不知道，千萬勿可隨意指導他人，自己若知道，應不厭求詳的告訴他人，但居住在當地而不知道路，或知道而不能指導得清楚，這是我們的羞恥。

（二）信任人　人與人之間發生隔閡的原因，在彼此猜忌而不互信。旅客到了一地，總覺得當地人不足信任，當地人見了遠客，也往往視若異類，不但不寄予同情，反而加以欺侮。有些人說，不欺侮外國人倒欺侮自己人嗎？好像為人總得欺侮一些人，真是可歎。我很有幸，在國外旅行，所遇見的人們，大都真摯誠懇，不欺侮人。我深信，人性相近，各地都有好人和壞人，但好人總比壞人為多，不要因為偶然遇一壞人，便把一切人都視為壞人，如此，我們便寸步難移，倒不如安安逸逸住在家裏，別找麻煩。我去倫敦時經一位同乘飛機的曼徹斯特商人指導，投宿一家旅館，回說客滿了，又投另一家，也說客滿了。在最後一家，我請求把二件行李暫寄一下，讓我自己到附近去找尋旅館，馬上回來提取，那個茶房卻絕不許可，說道大家要將行李寄在其處，地方不是要堆滿了嗎？我說，那是不會的，因為這是偶然的事，我在幾分鐘內就回來取去，但是他總不應允，卻很高興地替我僱汽車，把我的行李送上車，最後向我討小賬，我給他一張十先令的鈔票叫他找，被他扣去四個先令。（這是我在旅行中僅有的一回不快意事。）但以後在倫敦住了好多天，所遇到的人沒有一個不親切，同情，樂於助人。在滑鐵盧車站下車，有一個同行的英國人代我提行李；離去時因時間太早，找不到腳夫，又有一位曾到過上海的車站職員幫我提行李上車，還陪我聊天，直到半小時後開車，關照我過第幾站下車，才和我握手而別。

英國雖有那個不很忠厚的茶房，但是忠厚的人畢竟太多。其實，在上海我們也不知受過車夫和茶房多少欺侮，而在外國僅遇此一人，真是算不得一回事。我的信條是：把一切人都看作好人，不因偶爾遇到一二壞人而改變態度，如此，壞人經我以好人相視，也就不好意思再暴露他的本來面目了。我在各地，將行李交託他人保管，從沒有受到絲毫損失。買東西時，因言語不通，拿了一把錢讓店員自取，也從沒有短少分文。但這不是說，我們可將錢囊也交給他人代管，鈔票是有足會走的，有翅會飛的，你自己保管尚且守不住，別人那裏能管得牢呢？要之，旅行中要小心謹愼，卻不可胡亂猜疑人。

(三) 祈禱　旅行自有甚多樂趣，但也有不少煩惱。每天有必待解決的問題，往往自己解決不了。曝露日久，偶然也會患病，那就夠苦了。遇此情形，我們要有宗教的信仰，常作祈禱，自會化險為夷。我在美國乘火車旅行，曾受兩次感冒，車上裝有暖氣，然我裹了兩條氈子躺下，還是渾身打抖。我就不斷地禱告，求神佑我，完成任務。真是靈驗，到了第二天，便霍然病愈，若無其事。某晚十時許，在羅馬一個圓環，穿越馬路，曾看清並無往來車輛，孰料剛過街心，猝有一汽車，從背後掠過，觸及我的衣襟，行過二丈餘才煞住，車中人下來，察看我有無受傷，並表示歉意。那回我若被車撞死，全然是我自己不是，因為我沒有遵守行路規則，若開車者亦有過失，也許因為他喝醉了酒，開車太快了一些，但是，倘他開得稍慢一些，或者我倒反被撞死了。說也奇怪，我一些也沒有受驚，馬上就作默禱，立即平復如常。此外，凡我要應付艱難的局面，如演講，答問，晤見要人，也都先作禱告，便覺勇氣百倍，能一一應付過去。我的信條是：凡人力所能做到的，勿放鬆一步，盡力做去，再加上禱告，以增強信心；凡人力所做不到的，便不斷地禱告，自會心境平靜，遇事不慌張，一切問題也都告圓滿解決。這次長途旅行，總算沒有出什麼岔子，便是靠著祈禱的力量。

這次旅行為期雖不長，但是，倘旨在遊覽名勝古蹟，非不可以玩個痛快，倘旨在研究一二個問題，也必有相當的收穫。我因機會難得，風花雪月，只是過眼煙雲，所以在遊玩中還想求些知識，增些閱歷。在雅典時，溫源寧大使留我多住一天，我還利用了半天的時間，去參觀雅典大學，曾遇一陣豪雨，街衢成河，衣履盡濕，而印象則因之而加深。古人云，熊掌與魚，不可兼得時，必須放棄一樣，而我卻想兼而有之，無怪終至一無所得。但我已將施耐庵所說，「五十不在家，六十不出遊」這句老話，打得粉碎。事實證明，在這個時代，五十何妨在家，六十也無妨出遊。若在五十六十之間，更是動定咸宜，無往而不利。

附錄 中美司法上觀念之比較

——考察美國司法之感想

（四十八年二月二十七日臺北美國新聞處學術演講會講詞）

今晚講的題目是「考察美國司法之感想」。這是一個很平凡的題目，我想在這個平凡的題目之下，舉出幾點平凡的事實，作一個觀念上的比較，提供諸位參考。

近世科學昌明，交通便利，人與人之間，接觸頻繁，為應時代要求，世界各國的法律早已走上同化的途徑。先時回回法系，印度法系，中國法系，羅馬法系，英國法系等等，漸經相互調和，現在大概可歸納為二大類：(1)英美法系，(2)歐洲大陸法系。英美法是英國、美國及其屬地的法律。大陸法是歐洲大陸國家及亞洲一部份國家，如中國、日本、韓國、菲律賓以及南美洲拉丁國家的法律。美國本部的路易斯安那、新墨西哥等州及加拿大魁北克的法律亦原始屬大陸法系。

英美法與大陸法不同之處是：英美法偏重於判例，大部份的法律都沒有作成法典；大陸法最初也是用習慣，後來經許多法學家研究整理，鉤玄提要，編訂成具有系統的法典。十九世紀初葉的《拿破崙法典》(1804)，及二十世紀以來的《德意志法典》(1900)，可謂是大陸法的集大成。由形式言，大陸法可訂成小小的一本袖珍冊子，藏在衣袋裏，誠如程子所謂「放之則彌六合，卷之則退藏於密」。英美法散見於法律報告(law reports)，歷代累積，有幾萬冊之多。在效用上言，英美法的幾萬冊法律報告，亦等於大陸法的小小一本袖珍《六法全書》。

去年，我應美國國務院之邀，赴美作短期訪問，旋又轉往歐洲去走一趟，與各國的法界人士交換意見。在美國有人問，中國為什麼不採英美法，而採大陸法呢？我答道，英美法重傳統 (more traditional than rational)，猶如茂爾森林 (Muir Woods) 裏的千年古木，根深柢固，不易移植，大陸法猶如一具電氣冰箱或一架收音機，只要有電流的地方都可使用。話雖淺近，而理由已盡於此。

如此說來，英美法與大陸法，或者說，英美法與中國法便無從調和嗎？這卻不然。人性相近，喜怒哀樂之情同，所以法律也不大異，所不同的，無非一些形式問題，一些枝節問題而已。

現代各國開明的政治家及法學家，已能打破門戶之見，從事比較法學的研究，以謀不同法律之同化，這種趨勢在海商法方面尤為顯著。美國近年編訂《法律提要》(*Restatement of the Law*) 便是美國法律法典化的跡象。英國在十九世紀後葉，制定法院組織法 (Judicature Acts of 1873)，將舊日普通法 (Common Law) 裏的繁文縟節，刪除很多。第二次世界大戰後期，英國法制又有很多改革，例如，侵權行為法 (Torts) 裏的「與有過失」之原則 (Contributory negligence) 改用海商法，亦即大陸法裏的「比較過失責任」之原則 (Comparative negligence)，這又是法律同化的一個證明 (Law Reform Act of 1945, Contributory Negligence Act of Ontario, 1924)。戰後德日等國亦吸收許多英美法的精華，以刷新他們的法律。十年前我寫過一篇文字，在《華盛頓法學雜誌》(*Washington State Bar Journal and Law Review*, Nov. 1948) 發表，主張商事法之同化 (Assimilation of Commercial Laws)，再進而實現國內法國

際化 (Internationalization of national laws)。美國全國律師公會 (American Bar Association) 現在也提倡「世界一法」運動 (One-law World)，足徵世界各國共同有此要求，並非是一種空想，也非唱高調。希望有一天，甲地的商人到乙地，依甲地的法律做買賣，正如乙地的商人到甲地，依乙地的法律做買賣，效果完全相同，若是，國與國之間，便除去一重莫大的隔閡，人與人之間，減少無限的摩擦，世界和平必更多了一重保障。

世界各國的法律，雖有派系的不同，但按諸實際，卻沒有多大的差別。契約以雙方當事人意思表示一致而成立，英美如是，別處亦如此；竊盜詐欺，受法律的制裁，英美如此，別處亦復如此。無論在最文明的都會，或在最落後的鄉村，凡有社會組織的地方總有如此一套法律，這是天定而非人為的。

如此說來，豈非世界各國的法律已趨一致了嗎？這也不然。我們對於同一系統的法律，尚且常會發生見解上的歧異，何況傳統上本不相同的法律，又那裏會完全一致。譬如，有一派人主張法律應保障個人的利益，有了個人才有社會。又有一派人主張法律應首重社會的利益，有了社會才有個人。有人說，法律既見諸文字，所以文字便是法律，又有人說，法律重在精神，適用法律，應探求其真意，不可拘泥於文義。我國憲法第八十一條規定，「法官為終身職，非受刑事或懲戒處分，不得免職，非依法律不得停職、轉任或減俸。」依文字，這顯然是在保障法官，但依憲法的精神，保障法官原是在保障人民。若保障了法官便不能保障人民，那末，我們究竟應該依文義，還是依精神？講得具體一些，倘有一個法官行為不端，但不構成刑事或懲戒的條件，或者能力太差，辦理十件案子，倒有八九件是錯的，如此法官若亦予以終身職的保障，老百姓的權利便失卻了保障。他可能變成一個專制的昏君，老百姓只得喊著「時日害喪，予及女偕亡」了。諸如此類，說來話長，事屬法律學說或思想問題，茲不詳論。

現在國內有兩種人：一種人迷信外國，極端主張模仿。每次有人出國，必帶回來一套改革方案或計劃。甲有甲的一套，乙有乙的一套，丙又有丙的一套。甚至同一人，上年出國帶回來一套，今年出國又帶回來一套，錯綜複雜，令人迷惘，如此改革，不但無濟於事，甚至國家也會給他們革掉。另一種人又自視過高，故步自封，我曾親自聽到一位已故的法界人士，當眾宣稱，中國的法律是世界上最完善的法律。這又嫌所見偏狹，未免貽笑大方。一個法學者觀察法律制度，要有定力，又要能虛心。本國所有良好的制度，固不必妄自菲薄，而外國所有的優勝之處，亦不可一概抹煞。世界上無絕對完善的制度，必須互相借鏡，以求進步。

本人以為我國目前司法上的問題，不在制度上之革新，而在觀念上的糾正，觀念若有分歧，制度便會變質。現舉幾點具體的事實，就中美兩國司法上的觀點，作個比較：

一、一般司法

司法是法律的動態 (Law in operation)。我所謂「一般司法」，是泛指一般法院的審判而言。我在美國參觀好幾所法院，特別注意第一審法院的審判。

美國法院開庭並不太重形式。法官有穿法衣的，有不穿法衣的，各地法院不同，甚至在同一法院，亦不一致。遇有有資格之人士前去參觀時，法官往往從座上走下來，與來客握手，表示歡迎，或邀與同座聽審。問案時，法官的態度總是和平親切。刑事必顧及被告的利益，若能保全總是保全，判刑後，法官與被告及其家屬磋商其個人的善後生計問題，或與之握手祝福，事所恆見，不以為怪。美國近年工業發達，人們都很忙碌，好像非常重視現實，但在法院裏，應該是最不講人情的所在，卻偏偏是最富有人情味。

上述情形，在我國卻大不相同。我過去當過法官，穿上法衣，便自己覺得換了一個人，成為法律的象徵（Personification of the law），在走廊上遇見老朋友，不會和他點頭招呼，老朋友看見我，也必馬上迴避。法官都自視很高，他人對於法官非常敬畏，原因都是在這件法衣。法衣掛在辦公室裏，不過是一件平常的衣服，在美觀上或在功用上也許遠不如一件平常的衣服，可是一披上身，便會發生神祕的力量。這是虛偽的嗎？不。各位若當法官，穿上這件法衣，也會意識到它的威力，穿上法衣在法庭上審判，真能做到鐵面無私，大義滅親，一些不假！

我國古代帝王以「信賞必罰」為統治天下的手段。賞賜是君主的大權，刑罰是法官的職掌。我們見法官殺人，冷酷無情，因此，名之為「秋官」，象徵肅殺之氣。死囚的處決都在秋季，更顯示法之可畏。君主用此二術，籠絡了臣民，叫人貪賞怕死，服服貼貼的做馴民，不敢造反。這種觀念至今還有遺跡留存在審判者的態度上。

其實，吾國古代早有「祥刑」，「罪疑惟輕」(Benefit of doubt for the accused)，「以生道殺人」等教訓。古書載，楚國有人偷羊，兒子出來作證，孔子曾加以譴責，甚至法家之流的《呂氏春秋》，也說「直躬之信，不若無信」。有人問孟子，舜為天子，皋陶當法官，舜的父親瞽叟殺了人，應該怎麼辦？孟子答曰，應該將他收管起來，依法辦理。又問，舜是天子，他不能干涉嗎？孟子答曰，舜那裏可以這樣做？天下不是舜一人的天下，法律不是舜一人的法律，他是有所受命的，他那裏可以這樣辦！又問，那末，舜該怎樣辦呢？孟子答曰，舜應該拋棄王位，背了父親，逃到遠遠的海邊，和父親快快活活的過日子，忘掉天下，猶如丟掉一雙破靴子一樣。孟子這段話，既以正己，又以正人，人情法律，面面顧到。在我們學法律的看來，這是最精采的一段文字。儒家並沒有忽視法律，所以我說，儒家都是法家，而法家則非盡是儒家。現代法律也未嘗不顧及人情，證人說幾句謊話，以袒護他的至親骨肉，法律不辦他偽證罪，幫助自己的至親骨肉，逃避刑罰，法有減刑之明文（刑一六二，一六七）。俗語云：「天理，國法，人情」，好像是三件事，其實，國法要上貫自然之理，下達人情之私。不然，國法便成為殺人的屠刀。

現代的法律，不是供作帝王統治天下的武器，而是適應人生的需要，正似衣食住行一般。因為人生不能遺世而獨立，沒有法律，社會生活便不可能，社會生活不可能，個人生活也不可能。今天法律的目的，在扶助人們生活，生活得豐富，美滿；老、幼、鰥、寡，一個都不遺漏。所以，法律是叫人活，不是叫人死，是積極的，不是消極的，是建設性的，不是破壞性的。「秋官」這個觀念實在無妨一變而為「春官」，只要觀念有如此一個轉變，我們不用修改法律，不用變更制度，國內便充溢著蓬勃的生氣，人間便增添了無量的幸福。這是我要提出作為觀念上比較的第一點。

二、少年犯罪問題

年來國內少年犯罪的情形，好像一天比一天嚴重，引起治安及司法當局的注意。警察局有不良少年的名單，加以監視，司法部正在籌設少年法院，少年監獄，少年感化院。立法院正在考慮制定少年法，凡此種種原是應有的措施。上年我在美國也參觀了幾所少年法院，在著名的丹佛 (Denver) 少年法院及少年院 (Juvenile Hall) 曾費了二天的時間，作實地研究。

美國少年犯罪的情形，的確十分嚴重，數字在全國刑事案件中約占百分之三十左右，還在逐年增加中。有人說，這是國家高度工業化的必然現象。

我現在要提出討論的一點，是美國法院對少年犯的態度。他們處理少年事件，不在懲罰少年，保障治安，而在教育少年，保護其利益，因為少年是國家的元氣，應該予以保全。任何事件，總是以少年的最大利益為前提 (In the best interest of the child)，由觀護人員 (Probation officer) 事前調查少年之家庭背景，身心健康狀態，研究出犯罪的原因及環境，設法除去這個原因，或改善這個環境，使之能正常發育，長成為有用之人，治安及法律倒可不必顧及。警察逮捕少年犯時要脫去制服，不用警車；審判在辦公室舉行，法官不穿制服，父母、家長、律師皆可參加，猶若舉行一次家庭會議，充滿慈祥之氣，不覺可怕。

吾國少年犯罪的情形與美國比較，實不嚴重，因為吾國社會以家庭為單位，多少總能注意家庭教育，父慈子孝的倫理觀念深入人心，與日常生活打成一片，所以，兒子殺父母的逆倫案件，在美國幾乎每年都有發生，但在吾國是百年難逢的大案。現在國家日漸趨向工業化，少年犯罪增加，固然是與國家工業化不無關係，但我不信這是必然的結果，倘能注意維護固有道德，多設學校，鼓勵青年上進，國家儘管工業化，少年犯儘管可以不增加，要在我們取一適當的態度，善為防止而已。

吾國少年犯罪的情形雖不如美國之嚴重，但治安當局似乎又看得太嚴重一些。警察對於少年衣服有似所謂「太保式」者，便加以注意，在咖啡館、彈子房、跳舞場遇見少年便予以登記，加上「不良少年」的頭銜。有為的少年固然不宜常到這種場所去玩，但是去了也算不上犯法，驟然目為「不良少年」，總覺過火了一些，甚至警察局還會無中生有，在街頭作演習逮捕少年犯的把戲，而報紙復繪聲繪色加以渲染，好似現在只有少年會犯罪，少年最惡劣，最不長進，應該加以追逐。少年中固不無不良份子，但優秀的少年畢竟居大多數，這種態度，不但不足以消弭少年犯罪，反而好像在教導少年犯罪，製造少年犯罪。

少年在十二、三歲至二十一、二歲間是發育期 (adolescence)，是每人在生理上必經的過程，少年在此時期最易受衝動，也最易犯罪。我們都是過來人，不要忘卻，我們當年沒有犯罪，真是我們的幸運。舉一個例，一個十二、三歲的孩子，看見人家的窗子，擦得太清潔，會看不順眼，撿起一塊石子，將它打破，看見人家的窗子太骯髒，也會看不順眼，撿起一塊石子，將它打破，人家的窗子既不清潔也不骯髒，他還是會用石子將它打破，他要聽玻璃打碎的聲音，或者要看主人追出來叫罵驅逐的情景 (sensation)。這種事情，如看得嚴重，都是犯罪，看得平淡，不過是孩童的頑皮。在整個社會利益以觀，與其看得嚴重，不若看得平淡；因為孩子知識未開，需要鼓勵，倘稍有過失，便視為犯罪，會使之志氣消沉，甘自墮落，日趨下流。有人以為成年人犯罪，還有可說，若少年也要犯罪，豈非天下大亂？這種觀念是錯誤的。少年容易受衝動，犯罪是正常的，所以法有免刑減刑之規定，反之，成年人知識已開，是非已明，倒真是不應該犯罪。現在我們的觀點卻顛倒了過來。要之，少年性好模仿，愛冒險，而又不明事理，損害他人，固不知事態之輕重，即傷害自身也何嘗知道事態之輕重，所以，少年需要父母及師長善為誘導，國家妥加保護。

我們常聽人說，夜間不可談鬼，談了，鬼便會出現，因為黑夜是造鬼的環境。對於少年犯罪，亦然如此，多談了，便會增多。少年需要獎勵，應該隱惡揚善，偶遇一、二少年犯罪事件，大家緘默一些，不要誇大，尤其勿可以製造少年犯的手段來消弭少年犯，那就是「緣木而求魚」了。

美國丹佛少年法院的法官紀廉氏 (Judge Philip G. Gilliam) 對我說：「我們的法院是普天下流浪孩子的家，普天下問題兒童的保姆。」法院的標語 (moto) 是：「教育孩子便是幫助上帝造人」(One who teaches a child labors with God in His workshop.)。這種態度我認為是正確的，所以，特別提出來，作為觀念上比較之第二點。

三、刑罰政策

我在美國參觀三所監獄：(1)舊金山的聖昆丁監獄，(2)舊金山亞爾克託拉斯聯邦監獄，(3)西格維爾的聯邦改過院。這三所監獄可說是代表美國處置人犯的三種辦法。

第一種，聖昆丁監獄是一所普通監獄，設備、待遇、物質條件容有優劣之不同，但性質上與世界各地的監獄，沒有什麼區別，茲不詳論。

第二種及第三種，可謂是計劃監獄。

亞爾克託拉斯監獄設在海灣中心的孤島上，銅牆鐵壁，戒備森嚴，裏邊所收容的都是刑期較長而無法矯正的人犯 (incorrigibles)，在監者二百八十人，平均刑期是二十一年，依照美國法律，凡處刑在二十年至五十年者，不准假釋 (without the privilege of parole)，所以，這些人犯大都沒有假釋的希望。進入此監，便如石沉大海，翻不得身。

西格維爾改過院，收容可改善，可感化的人犯，內部管理取榮譽制，在監者衣物自理，鎖匙自佩，出入自由，家屬可隨時探望，同在會客室晤談，或共在餐廳進膳，毫無拘束。大凡因事入獄的，無論刑期短長，總覺得長夜漫漫，焦灼苦痛，但轉入這所監獄，便油然生了新希望，覺得自己在社會上還有地位，受人尊重，正可改過自新，從頭做人。這是羅斯福總統所提倡「以自由勞作代強制錮禁」的刑罰政策的實驗，十餘年來頗著成效，美國現有同類監獄八所，西格維爾是其中之一。

刑罰的初旨在儆戒未來，預防犯罪，但犯罪既成事實，則特定人犯的善後問題實較諸處罰問題尤為重要。現代刑罰政策大別有二：(1)報復主義，(2)感化主義。報復主義重在懲罰，即所謂「惡有惡報」，監獄裏待遇不好，甚至虐待，也都是應該受的，因為刑罰惟恐不重。感化主義，旨在搶救人犯，勿使墮落，在執行刑罰之意義下，更著重於人格之改造，作重入社會的準備，設法將他從十八層地獄裏一層一層提拔上來。

國家施刑，若取「以怨報怨」的態度，會使怨仇連結，永不得解，終非社會之福，自是不妥。就是孔子所主張「以直報怨」，也與「以怨報怨」相差無幾，並且很難做到確當，受者，如非有聖人之智，不易了解，倘有聖人之智，也就不會犯罪了。孟子曰：「羞惡之心，人皆有之。」對於人犯，欲施感化，惟有取「以德報怨」的手段，使之知道他有虧於社會，而社會卻沒有虧待他，如此以激發他的羞惡之心，感化才能收效。西格維爾改過院便是用「以德報怨」的策略，感化人犯。

聖昆丁有一監犯寫了一本寫實小說（Caryl Chessman: *Cell 2455, Death Row*，《二千四百五十五號死囚》），裏邊描寫他自己如何犯罪，如何與社會為敵，如何歷次入獄，如何在監裏表現優良的品性，以期早日出獄，再與社會為敵。最後，他被判處死刑，臨近執行之際，還是自己研究法律，絞盡腦汁，撰寫書狀，一再掙扎，以求免死。他怕死嗎？不！他希望不死，因為，若不死，總有一天會出獄，出獄後，再可對社會施以報復，他根本沒有悛悔。個人與社會為敵，當然敵不過社會，但殺十人也只以一命相抵，以此洩忿，也自以為戰勝了社會。這種心理不是人類所不會有的；如此，社會上無辜之人便會受害無窮了。這本是美國暢銷之書(best seller)，已譯成多國文字，日本也有翻譯本，我們對於此書倒不可以普通小說同視。

吾國近年主張「亂世用重典」，對於犯罪之人，每以「疾惡如讎」的態度，嚴刑峻法，予以斷然的處置。倘真能做到「以直報怨」也就罷了，可惜這個「直」字卻不容易做到徹底。這種態度，是否有重行估價的必要，很值得我們加以研究。《尚書・呂刑》說：「罰懲非死，人極於病」，又云：「哀敬折獄……咸庶中正，其刑其罰，其審克之。」這是我國的古訓，我特別提出來作為觀念上比較的第三點。

要之，在法律及司法方面，中美兩國雖有傳統上之差別，但實質上則無大異。現代法律重在保障人權，使人類能生活得更豐富，更美滿，更有意義。法官審判民刑事件，原是代表人民公意，解決人間的問題，態度不必過於嚴肅，司法尊嚴大可表現為慈父之尊嚴，而不必為劊子手的威嚴。對於少年犯罪，宜注意施教，保護其利益，而非處罰。刑罰政策，宜重在感化，改造人格，將行將沉淪之人予以撈救，千萬勿可推之入無底地獄。凡此種種，只要我們改變幾個觀念，則雖不改革法律或制度，也可使人間充滿生氣。總統說：「生活之目的在增進人類全體之生活，生命之意義在創造宇宙繼起之生命。」宗教的旨趣在此，政治法律的旨趣亦在此，徵諸中外古今，莫不皆然。現代世界各國的法律已趨向同化的途徑，希望我們在法律的思想及觀念上亦能調和齊一，以增進人類幸福，確保世界和平。

貳、孔老學說與法律

【馬壽華先生七十大慶祝賀論文】

一、引 言

自來談中國政治思想的學者都將孔孟的學說歸入於儒家，而將商、申、韓的學說歸入於法家，門戶分明，不可混淆。老莊的無為主義，既不苟同儒家，亦不苟同法家，自是獨成一派。學者沒有不讀老莊的著作，但總覺其言論過於偏激，與正統思想有所未合。顧胡適之卻指出，中國政治學說幾乎沒有一家能逃出老子的無為主義（胡著《中國古代哲學史》三：八九頁）；儒家受其影響，法家亦受其影響。

管仲生在老子、孔子之前，思想上似無因緣。他是一位傑出的政治家，曾針對當日混亂的局面，提出一套理論和方案，遇齊桓公，得行其志；實倉廩，足衣食，立制度，張四維，尊王攘夷，使區區之齊，一躍而為諸侯之雄。管仲知法之為用而善於用法，其論法曰：

法者民之父母也。（〈法法〉）

法者天下之儀也，所以決疑而明是非也，百姓所懸命也。（〈禁藏〉）

堯之治天下也，猶埴之在埏也，唯陶者之所以為，猶金之在鑪，恣冶之所以鑄；其民引之而來，推之而往，使之而成，禁之而止，故堯之治也，善明法禁之令而已矣。（〈任法〉）

明王見必然之政，立必勝之罰，故民知所必就而知所必去，推則往，召則來，如墜重於高，如瀆水於地，故法不繁而吏不勞，民無犯禁。故有百姓無怨於上。（〈七臣七主〉）

以有刑至無刑者，其法易而民全，以無刑至有刑者，其刑煩而姦多。夫先易者後難，先難而後易，萬物盡然，明王知其然，故必誅而不赦，必賞而不遷者，非喜予而樂其殺也，所以為人致利除害也。（〈禁藏〉）

由管仲的治術以觀，他似乎是法家之先進者。梁任公說：「後之論史者，率以管子與商君同論；雖然管子與商君之政術，其形式雖若相同，其精神則全相反，管子賢於商君遠矣。商君徒治標而不治本者也，管子則治本而兼治標者也。」（梁啟超著《管子傳》）商君去六蝨（禮樂、詩書、修善、孝弟、誠信、貞廉、仁義、非兵、羞戰）（〈靳令〉）；管子謹四維（禮義廉恥）（〈牧民〉），此二人之大別也。

孔子病管仲器小（謂其不務王天下，而僅知強齊國），然又曰：「管仲相桓公，霸諸侯，一匡天下，民到於今受其賜，微管仲，吾其披髮左衽矣。」孟子論管仲雖較嚴，然亦未斥其為異端，僅責其見識不夠遠大，用心不夠積極，有大可為而小為之。（參看《孟子・公孫丑》一章）

二、無為主義

「無為而治」是中國傳統的政治哲學，似乎並不始自老子，各家的學說都含有這種理論，大概是古代農村社會的政治現象之總結論；非至此，不足以言「天下太平」。管子曰：

名正法備，則聖人無事。（〈白心〉）

聖君任法而不任智，故身佚而天下治。（〈任法〉）

管子主張正名立法，以臻於垂拱而治。倘管子可目為法家，這是法家的無為主義，法家本主有為，但最後仍須歸結到「無為」，足徵這哲學根深柢固，非如此說，就無由表白言者之立場。

（一）老子　老子主張效法自然，清靜無為。他也說「以正治國」。（《老子》五七章）「無為而治」原是泛指堯舜時代太平之治，迨老子著《道德經》，發明為一種學說，後世學者才有了依據。雖今昔社會經濟異勢，未可相提並論，然在觀念上，古之「無為而治」與今之「放任主義」(laissez faire)卻有幾分相似，無非欲為人民保留高度的自由，聽其自然發展，政府不必多事管制，如「宋人之閔其苗之不長而揠之」者然。老子並不抹煞一切法律和政治，他所反對的只是擾民之法與察察之政。後世對於老子每多誤會，甚至有指他為無政府主義者，這種論斷，實欠公平。

我們研究古代思想家的言論，必須明瞭他們當時的政治背景；管子有管子的處境，老、孔、商、申、韓也各有其不同的處境。但有一點是相同的，當日的政治法律都是從君主之口出，人民無置喙之餘地；現代的民主思想尚未萌芽，而按諸當日情勢亦非文人學者所能隨便提倡。思想自由雖在周末為最盛，然究非絕無限制；言之過激，會遭實力者之忌，言之平淡，則又無濟於事，故往往託諸寓言，或作抽象的理論，但綜觀各家學說無不針對時弊，言之有物。老子終世不得行道，作《道德經》五千餘言而去，莫知其所終，蓋立說以警世，知其不可而不為者也。

老子之言初視之似頗消極，細審之則語語真切，熱情洋溢。他正告君主，為政應以人民為基本，不可作威作福；唯有廢戰愛民，然後可以取天下。他說：

貴必以賤為本，高必以下為基，是以侯王自謂孤，寡，不穀，此非以賤為本邪非乎？（《老子》三九章）

聖人無常心，以百姓心為心。（《老子》四九章）

天下無道，戎馬生於郊。（《老子》四六章）

兵者不祥之器，非君子之器，不得已而用之。（《老子》三一章）

老子的《道德經》原是對君主說治道，勸他們「去甚，去奢、去泰」、「清靜為天下正」（《老子》二九、四五章）。他說：

修之於身，其德乃真；修之於家，其德有餘；修之於鄉，其德乃長；修之於國，其德乃豐；修之於天下，其德乃普。（《老子》五四章）

這一段文字與儒家所倡修身、齊家、治國、平天下的道理如出一轍。老子論天道與聖道：

天之道，利而不害，聖人之道，為而不爭。（《老子》八一章）

疏說之，聖人之所以為聖，因其利天下而不害天下，為天下而不爭天下，能若是，就是無為，就是自然。然當日君主的作為完全背道而馳；講仁義，立法度無非是假借名義，為自身作打算，根本沒有把人民放在心目中。所以，他憤慨地說：

絕聖棄智，民利百倍；絕仁棄義，民復孝慈。（《老子》一九章）

法令滋彰，盜賊多有。（《老子》五七章）

老子的無為主義正如他所說「無為而無不為」，原是非常積極的，不過他反對君主自己欲有所為而為之。他說：

處無為之事，行不言之教，萬物作焉而不辭，生而不有，為而不恃，功成而不居。（《老子》二章、五一章）

語中「事」、「教」、「作」、「生」、「為」、「功」等字都是言作為；若能適順自然，大公無私，那就是無所為而為之，也就是無為。他勸君主從大處看，不斤斤於眼前的小利。聖人若有一念之私，就不成為聖人，故曰：

聖人後其身而身先，外其身而身存，非以其無私邪，故能成其私。（《老子》七章）

（二）孔子　孔子與老子生在同一時代，孔子曾問禮於老子。二人都服膺無為主義，但孔子則較老子為積極，蓋知其不可為而欲為之者也。後世有二段文字論孔子：

孔子抱聖人之心，彷徨乎道德之域，逍遙乎無形之鄉，倚天理，觀人情，明終始，知得失，故興仁義厭勢利以持養之。于時周室微，王道絕，諸侯力政，強劫弱，眾暴寡，百姓靡安，莫之紀綱，禮儀廢壞，人倫不理，於是孔子自東自西，自南自北，匍匐救之。（《韓詩外傳》）

孔子居周之末世，王道陵遲，禮儀廢壞，強凌弱，眾暴寡，天子不敢誅，方伯不敢伐，閔道德之不行，故周流應聘，冀行其道德。自衛反魯，自知不用，故追定五經，以行其道。（《白虎通・五經》）

孔子的學說，經後世推崇發揚，成為二千年來中國學術思想之中流；老子的學說，自莊周以後，即被人穿鑿傅會，轉入於虛無縹緲之鄉。二人均係絕世聖哲，同抱救世之心，而際遇之異有若是，殆亦所謂曲高和寡之徵歟？

孔子當時之社會是農村社會，政事本甚簡單。人民只求安居樂業，太平無事。對於諸侯封疆的國家觀念，因百姓都是周天子的子民，自不濃厚。嗣後周朝失勢，諸侯力政，釀成動盪不安之局，其咎在侯王而不在百姓。老子和孔子都正告諸侯，若欲統一天下，惟有行德政而不尚武力，才能達到目的；若徒憑武力，終無所成。雖老子說理論，孔子重方法，然他們都是對現實情形有所感而言，並非懸空設想，如莫爾氏之著《烏托邦》(Thomas Moore: *Utopia*)。

孔子與老子二家的學說有很多地方是一致的，但孔子的人生觀卻與老氏不同。老子著了書就退隱，神龍見首不見尾，殆為一明哲保身之高士；孔子則以為讀書問學，旨在濟世，倘能立朝當政，行伊尹周公之事，自應「當仁不讓」。（「當仁不讓於師」似謂「倘可行道，不因師之不為而已亦不為」。）所以他說：「仕而優則學，學而優則仕。」

孔子的學說，自誠意正心修身齊家始至治國平天下止，皆本於一貫的道理。他的生活澹泊，持身端正，雖志在行道，卻又不肯不擇手段。他說：「不能正其身，如正人何？」（《論語・子路》）孔子有聖人之資而無其勢，不得已乃周遊列國，以道德說諸侯，期有一遇，無如諸侯都利慾薰心，莫有大志。孔子自知不能見用於世，乃退而修經授徒。他說：

飯疏食飲水，曲肱而枕之，樂亦在其中矣；不義而富且貴，於我如浮雲。（《論語・述而》）

富而可求也，雖執鞭之士吾亦為之；如不可求，從吾所好。（《論語・述而》）

這二語是聲明他的立場：君子不遇，以安貧樂道為本份，不可求富；若志在求富，那末任何卑鄙的事都可以幹，不必擇手段了。君子行道所以為道，而非為己；故曰：「人能弘道，非道弘人。」（《論語・衛靈公》）子路亦曰：「君子之仕也，行其義也。」（《論語・微子》）

孔子將說教與行道視同一事，皆以修身為本。故曰：「其身正，不令而行，其身不正，雖令不從。」（《論語・子路》）他的日常生活雖不必做到「割不正不食」，「席不正不坐」，然其態度之嚴正而不隨便，則概可想見；他一舉一動，一言一語都是在行道而不僅是在說教。太史公曰：

天下君王至於賢人眾矣，當時則榮，沒則已焉。孔子布衣傳十餘世，學者宗之，自天子王侯，

中國言六藝者折中於夫子，可謂至聖矣。（《史記・孔子世家贊》）

（三）孟子 孔老之後，聚徒講學的風氣一直熾盛不衰。學者各立門戶，互相標異；有楊朱之學，有墨子之學，有孟荀之學，有申韓之學，有縱橫家之學，不一而足。韓非子將當日流行的學說，去其蕪雜，歸納為儒墨二大類，稱為「顯學」。（《韓非子・顯學》）孟子秉承正統思想，欲起而挽狂瀾，一正天下之視聽。他說：

予豈好辯哉，予不得已也……聖王不作，諸侯放恣，處士橫議，楊朱墨翟之言盈天下，天下之言不歸楊則歸墨；楊氏為我，是無君也；墨氏兼愛，是無父也，無父無君，是禽獸也……吾為此懼，閑先聖之道，距楊墨，放淫辭……昔者禹抑洪水而天下平，周公兼夷狄，驅猛獸而百姓寧，孔子成《春秋》而亂臣賊子懼……我亦欲正人心，息邪說，距詖行，放淫辭以承三聖者，豈好辯哉，予不得已也。（《孟子・滕文公下》）

孟子是儒家之善辯者，但他聲明，他的立場不是為個人的利祿而是為天下。他的中心思想是「仁義」；仁是愛人，義是利人。他勸君主居仁行義，以德化天下。《孟子》書中有一段故事：

宋牼聞秦楚搆兵將往見楚王與秦王，喻以利害，期有一遇。

孟子曰：「先生之志則大矣，先生之號則不可。先生以利說秦楚之王，秦楚之王悅於利，以罷三軍之師，是三軍之士樂罷而悅於利也。為人臣者懷利以事其君，為人子者懷利以事其父，為人弟者懷利以事其兄，是君臣父子兄弟終去仁義，懷利以相接，然而不亡者，未之有也。

先生以仁義說秦楚之王，秦楚之王悅於仁義而罷三軍之師，是三軍之士樂罷而悅於仁義也。為人臣者懷仁義以事其君，為人子者懷仁義以事其父，為人弟者懷仁義以事其兄，是君臣父子兄弟去利，懷仁義以相接也，然而不王者，未之有也。何必曰利？」（《孟子・告子下》）

仁義是人與人之間的關係，這個關係，不能完全以利害為前提，若然，則社會生活將陷於不可能。譬如交友，須重道義，有時，我們為朋友奔走，自己卻沒有絲毫利害因素攙雜在內。又如做買賣，雖彼此都素不相識，但仍不能不恪守信用，有時，我們很樂意做一筆虧本生意，而不計較利害。這種種事例，日常生活上不知有多少，都是由仁義化出來的作用，而不以利害為前提。

仁義是國家之大利，君主之至寶。行仁義可以王天下；不仁不義則身家不保。君主與人民的關係是相互的，而君權則建築在民意上，故曰「民為邦本」。儒家對於這個道理闡明得最為愷切詳盡：

道得眾則得國，失眾則失國……財聚則民散，財散則民聚。（《大學》）

桀紂之失天下也，失其民也；失其民者，失其心也。得天下有道，得其民，斯得天下矣；得其民有道，得其心，斯得民矣；得其心有道，所欲與之聚之，所惡勿施爾也。民之歸仁焉，猶水之就下，獸之走壙也。故為淵毆魚者獺也，為叢毆爵者鸇也，為湯武毆民者桀紂也。今天下之君有好仁者，則諸侯皆為之毆矣，雖欲無王，不可得已。（《孟子・離婁》）

老子亦曰：

貴以賤為本，高以下為基。（《老子》三九章）

老子不言仁義，然其所謂「道德」亦莫非仁義而已。道德是仁義的抽象名詞，仁義是道德的實質內容。

老子、孔子、孟子所講的都是治道：勸當日君主以身為天下，不可以天下為身。老子曰：

何謂貴大患若身？吾所以有大患者，惟吾有身，及吾無身，吾有何患？故貴以身為天下，則可寄於天下，愛以身為天下，乃可託於天下。（《老子》一三章）

聖人後其身而身先，外其身而身存，非以其無私邪，故能成其私。（《老子》七章）

聖人終不為大，故能成其大。（《老子》六三章）

儒家亦曰：

百姓足，君孰與不足，百姓不足，君孰與足。（《論語・顏淵》）

仁者以財發身，不仁者以身發財……國不以利為利，以義為利也。（《大學》）

周末天下大亂，諸侯強橫；遊說之士，又從中挑撥離間，以是，紛爭不已，兵連禍結。君主若有所為，無不害民，無不弊民。反之，君主若能修德行仁而不興風作浪，便是與人民造福。人民若感德愛戴，君主不但可以自保，且可進而王天下，實為大利。故孔子曰：「無欲速，無見小利；欲速則不達，見小利則大事不成。」（《論語・子路》）

當日民心厭亂，痛恨君主作威作福，肆意妄為；每發生一次戰事，必流血盈野，廬舍成墟：大軍之後，繼以荒年，人民不勝其苦。故所謂無為而治實為民意之反映，而非懸空立說，以饗後世，與今之所謂「積極政府」與「消極政府」，立意迥然有別。

三、正　名

正名就是下定義，在儒家言，為是是而非非，在法家言，是循名覈實，信賞而必罰。

周末混亂之局持續至三百多年之久，在中國歷史上是一奇蹟。造成這個局勢的原因很多；要之，(1)周雖衰落，文武之德尚在人心，名義上不失為共主，(2)齊桓公標榜尊王，造成霸業，嗣後宋襄，晉文，秦穆，楚莊繼之，諸侯不敢僭越，(3)大國勢衡力敵，保持均勢；小國附庸大國，以延殘息，(4)周室僅存空名，存之可資號召，亡之無補實益，(5)孔子作《春秋》，口誅筆伐，諸侯知所顧忌。在這種局勢下，諸侯都欲用術智之士以自重，言論與思想自然有相當的自由。孟子適逢其會，所以能面折諸侯，暢所欲言。

中國自古以來，凡政治言論總脫不了仁義二字，但到了邪說詖行猖獗的時代，仁義的意義便變了質，不仁不義之人偏要高唱著仁義的讕調。所以老子說：「大道廢有仁義，智慧出有大偽」（《老子》一八章），又說，「五色令人目盲，五音令人耳聾，五味令人口爽……是以聖人為腹（實）不為目（名），故去彼（名）取此（實）。」（《老子》一二章）老子不言仁義而說無名之道，意即在斯。世界之所以亂，因為有爭，爭的原因是在利害衝突，但爭利害者往往還要假借好聽的名義，這是老子所深痛惡疾的。故曰：「善行無轍迹，善言無瑕讁」。(《老子》二七章)有德者不必有言，言之反足以亂真。

(一)仁義的真義　仁義二字，在老孔時代已成了讕調，故老子避而不用；儒家用之，卻要從各個角度以闡明其真義。

仁者人也。(《中庸》)

仁也者人也。(《孟子》)

仁者人也，合而言之，道也。(《孟子》)

夫仁者，己欲立而立人，已欲達而達人。(《論語》)

樊遲問仁，子曰：「愛人。」(《論語》)

顏淵問仁，子曰：「克己復禮為仁。」(《論語》)

《說文》：仁，親也；从人二，人偶相與。此「人」字指我與人之人，而非除我以外之人。用現代語說，「仁是眾人」，申言之，即人與人之間的關係。人不能遺世而獨立，故有人始有我，有我亦有人。人的關係必然要互相親愛：相親則共存，相仇則俱傷，故為積極的人事關係(Positive human relations)；這個關係的調節就是禮(adjustment of human relations)。禮重在和，和為生機。從政治的角度看，仁即是政，易言之，以愛人之心，理眾人之事。

齊景公問政，子曰：「君君，臣臣，父父，子子。」(《論語》)

老吾老以及人之老，幼吾幼以及人之幼。（《孟子》）

子貢問一言而可終身行；孔子曰：「其恕乎？己所不欲，勿施於人。」（《論語》）

仁與義原是一事，存諸心為仁，見諸事為義。孟子曰：「仁，人心也；義，人路也。」（《孟子》）

仁義是人德，人德與天德配合，天德云者陰陽化育之德也：仁以生之，義以育之，禮以成之。人君既稱與天地齊德，天地好生，故人君須愛民；天地無私，故人君亦須無私；天地不自為大，故人君亦不可自為大；天地無言，故人君亦不多言。

子曰：「予欲無言……天何言哉？四時行焉，百物生焉，天何言哉？」（《論語・陽貨》）

不顯惟德，百辟其刑之，是故君子篤恭而天下平。（《中庸》）

予懷明德，不大聲以色……上天之載，無聲無臭，至矣。（《中庸》）

衣錦尚絅，惡其文之著也。故君子之道，闇然而日彰，小人之道，的然而日亡。（《中庸》）

老子亦曰：

天下皆知美之為美，斯惡已；皆知善之為善，斯不善已。（《老子》二章）

老子論道曰：

道可道非常道，名可名非常名；無名天地之始，有名萬物之母；故常無，欲以觀其妙；常有，欲以觀其徼。此兩者同出而異名，同謂之玄，玄之又玄，眾妙之門。（《老子》一章）

大道不可以言述，不可以名傳，言之名之皆不能盡其意，但不言不名則又無由申其義，不得已乃言之名之，然仍不可以所言所名者即指為道之本體，言之名之皆假借也。天地之始本無物，故亦本無名，迨萬物定分乃有名，名隨物生，物依名存，物不即是名，名亦非即是物，「無名之名」仍為名，「無名之名」亦未嘗有其名也。老子以為道德不即是仁義，也不即是「可名之道德」；道德是自然法則，自然演化，故曰：「人法地，地法天，天法道，道法自然。」（《老子》二五章）。人君若能法自然，即可不言而化，無為而治。故又曰：「侯王若能守之，萬物將自化……不欲以靜，天下將自定。」（《老子》三七章）天下擾擾攘攘，無非爭名奪利，君主若能舍此而取彼，自然實至而名歸。

仁義本是美名，但到了末世卻被人盜用以欺世，完全失卻了它的真義。莊子曰：

為之斗斛以量之，則並與斗斛而竊之；為之權衡以稱之，則並與權衡而竊之……為之仁義以矯之，則並與仁義而竊之……彼竊鉤者誅，竊國者為諸侯，諸侯之門，而仁義存焉，則是非竊仁義聖知邪。（《莊子・胠篋》）

莊子詛咒仁義聖知，不是厭惡其實質，而是憎恨偽君子假聖人之假借其名以作惡。臣殺其君，子殺其父總是大逆不道了，但若出諸於有權勢地位者，不但不受法律的制裁，反而有人會恭維他為忠臣孝子；國君好戰，總是不仁了，但成則為王，敗則為寇，仁與不仁斷諸於勝敗。故曰「諸侯之門，而仁義存焉。」孔子作《春秋》是要正名義，挽頹風，使偽不亂真，虛不掩實。老莊的論說是消極的暴露，孔孟的議論是積極的糾正。二氏觀點相同，而用心亦皆不違仁。有一段關於孔子的故事：

孔子作司寇，殺聞人少正卯曰：「天下有大惡五，而盜竊不與焉：心逆而險，行辟而堅，言偽而辨，記熟而博，順非而澤，而少正卯兼有之，不可不除。」（《孔子家語》）

以上五項，依現代看法，都不成立為罪名，過去自亦如是，少正卯為魯大夫，孔子惡其亂名而除之是極可能的，但未必將他殺掉。後列一段話可為證明：

季康子問政於孔子曰：「如殺無道以就有道，何如？」

孔子對曰：「子為政焉用殺，子欲善，而民善矣。君子之德風，小人之德草，草上之風必偃。」（《論語．顏淵》）

(二)三種賊仁之人　孔子因欲正名，故最痛恨三種亂名賊仁之人：(1)鄉原，(2)利口，(3)法家。

㈠鄉原　鄉原就是欺世盜名的偽君子，少正卯是其中一個例子。孔子曰：「鄉原，德之賊也。」（《論語．陽貨》）又曰：「色厲而內荏，譬諸小人，其猶穿窬之盜也與？」（《論語．陽貨》）

孟子形容鄉原曰：

非之無舉也，刺之無刺也，同乎流俗，合乎污世，居之似忠信，行之似廉潔，眾皆悅之，自以為是，而不可與入堯舜之道，故曰「德之賊也」。孔子曰：「惡似而非者：惡莠，恐其亂苗也；惡佞，恐其亂義也；惡利口，恐其亂信也；惡鄭聲，恐其亂樂也；惡紫，恐其亂朱也；惡鄉原，恐其亂德也」。（《孟子．盡心》）

《孟子》書中還有一段關於陳仲子的故事，對於這一輩人可謂攻擊得體無完膚（見《孟子・滕文公下》）。鄉原是孔孟正名運動的障礙，故不可不揭發而去除之。

㈡利口　孔子對於巧言好辯者極端憎惡，故曰：「巧言亂德。」（《論語・衛靈公》）又曰：「巧言令色鮮矣仁。」（《論語・學而》）凡以巧言卑詞以迎合人主之意者，其人必自有私心，決不會忠君（義），更不會愛人（仁），因也不能為政。然世間以巧言令色侍候權貴而登龍者不知凡幾；君主若不能克己以正人，則此輩即乘虛而直入，僭竊名位，肆意妄為，國就亂了。故曰：「惡利口之覆邦家者。」（《論語・陽貨》）人能行仁，道即自明，不必借助於口舌。故又曰：「剛毅木訥近仁。」（《論語・子路》）又曰：「辭達而已矣。」（《論語・季氏》）一人的人格只要看他的動機，行為，習好，就顯露出來，躲藏不過去。故曰：「視其所以，觀其所由，察其所安，人焉廋哉，人焉廋哉。」（《論語・為政》）這輩小人是正名運動的第二個障礙；此輩不去，大道不行，天下無寧日。

㈢法家　孔子沒有明言排斥法律。反之，法律倒是他的正名運動裏重要的一目。他說：「名不正，則言不順；言不順，則事不成；事不成，則禮樂不興；禮樂不興，則刑罰不中；刑罰不中，則民無所措手足。」（《論語・子路》）

孔子所反對的是法家假借仁義的名義而立不仁不義的法律，幫助君主壓榨人民；那末，法律就成為肆虐的工具了。試觀商鞅之法：

商君之法曰：斬一首者爵一級，欲為官者，為五十石之官；斬二首者，爵一級，欲為官者，

為百石之官，官爵之遷與斬首之功相稱也。《韓非子・定法》

民為什伍而相收連坐，不告姦者腰斬，告姦者與斬敵同賞；民有二男以上不分異者，倍其賦；有軍功者，各以率受上賞；為私鬪者，以輕重被刑；大小僇力本業耕織，致粟帛多者，復其身；事末利及怠而貧者，舉以為收孥；宗室非有軍功，論不得為屬籍；明尊卑秩等級，各以差次，名田宅臣妾衣服，以家次；有功者，顯榮，無功者，雖貴無所芬華。《史記・商君列傳》

商鞅之法與現代極權國家的法律毫無不同；所謂「信賞必罰」亦就是威脅利誘；驅使人民做牛馬，蹈白刃，走君主所要他們走的唯一的路，而不留自由選擇的餘地。這種法律簡直是殺人的兇器，不但刻薄寡恩已也。但商君口中還是喊著仁義道德。

民不可與慮始而可與樂成功……論至德者，不和於俗，成大功者，不謀於眾。法者所以愛民（仁）也；禮者所以便事也。是以，聖人苟可以彊國，不法其故，苟可以利民（義），不循其禮。《商君書・更法》

孔子因晉鑄〈刑書〉於鼎上而指責之曰：「晉其亡乎，失其度矣……民在鼎矣……。」後世學者遂謂孔子為反對法律，更有人謂孔子恐怕有了公布的〈刑書〉，貴族便失了他們掌管刑律的業了。這真是冤枉。當日的政治只有君主專制一種，刑律之業向由貴族職掌，〈刑書〉公布前如是，〈刑書〉公布後亦如是。倘認為〈刑書〉公布後，人民便可參預刑律之事或以為人民便可多得一些保障，觀點上便犯了莫大的錯誤。這種〈刑書〉不能與羅馬〈十二銅碑法〉比擬，更不能與英國的《大憲章》

同論。孔子反對殘酷暴民的法律。這種〈刑書〉若不鑄於鼎，倘遇仁君尚不無行仁政之希望，今鑄於鼎，則雖欲為善而不能。孔子說這句話一面固在反對不仁之法，一面亦表示其如何珍重法律。

法律有有形與無形兩種。無形之法自有生民以來即存在，是即自然法；有形之法為「人為法」，有作成法典者，亦有不作成法典者。人類聚居不能沒有法律，初不因法律之見諸文字或不見諸文字而有異。當彼亂世，誠有聖君而欲行仁政者，則舊法俱在。「不愆不忘，率由舊章」（《詩經》），「四代政刑皆可為法」（《大戴禮・四代》），何必鑄之於鼎？

四、人治與法治

古之所謂法治與今之法治，意義異趣。今天我們談法治是指民主立憲政治而言，其重心在民主，其功用在保障民權，以分權合作，互相制衡的方法，防止政府越權，侵及人民的權利。（參照我國憲法第一條，第二條，第五條，第七條至第二十四條。）但在古時，一切政制法律出自君主，朝令暮改，正是君主發揮其自以為天賦的大權。雖法家指摘這種作風會影響威信，削弱國力，因而主張「定法」，然又云「苟可彊國，不法其故」，利害所趨，既定之法又何嘗不可任意變更。儒法之間的爭議不在法之有無或法之公布或不公布，而在法之仁與不仁。自古以來未有法不行而國治者。堯舜時代有堯舜之法，文武時代有文武之法。舊法寬厚愛民，百姓安之，倘欲行仁政，皆可為法。世亂之故不在人民之多姦，而在君主之敗法，真若韓非子所說「故法未息，新法又生，前令未收，後令又下，故新相反，前後相悖」，如是而欲法能行，國能治，難矣。倘君主能正己愛人，遵王道，行仁政，則國可治而天下可平；反之，若行不仁之政，雖有善法亦難持久，遑論惡法。仁義下向，民重而君輕；法術上向，君貴而民賤。但無論政治上向或下向，所謂「天無二日，民無二王」，古代觀念，君主總是主體，「德治」是人治，「法治」亦復為人治也。

（一）商鞅　商鞅是衛人，遊說於秦孝公，勸行嚴峻之法，務農強兵，以武力兼併諸侯。世人都稱他為法家，其實是一軍國主義者，知法之為用而善於用法而已。且觀他的農戰政策：

㈠制民　商君曰：「國之所以興者，農戰也……國待農戰而安，主待農戰而尊……詩、書、禮、樂、善、修、仁、廉、辯、慧，國有十者，上無使守戰。國以十者治，敵至必削，不至必貧；國去此十者，敵不敢至，雖至必卻；興兵而伐，必取；按兵不伐，必富。凡治國者，患民之散而不可摶也，是以聖人作壹，摶之也……君修賞罰以輔壹教，是以其教有所常而政有成也……」（《商君書・農戰》）

又曰：「昔之能制天下者，必先制其民者也，能勝彊敵者，必先勝其民者也，故勝民之本在制民，若治於金，陶於土也。本不堅，則民如飛鳥禽獸，其孰能制之？民本法也，故善治者，塞民以法而名地作矣，名尊地廣，以至王者，何故？名卑地削，以至亡者，何故？戰罷者也，不勝而王，不敗而亡者，自古及今未嘗有也。民勇者，戰勝；民不勇者，戰敗；能

壹民於戰者，民勇，不能壹民於戰者，民不勇。聖王見王之致於兵也，故舉國而責之於兵……」（《商君書．畫策》）

又曰：「夫人情好爵祿而惡刑罰，人君設二者以御民之志，而立所欲為焉……故凡明君之治也，任其力，不任其德。」（《商君書．錯法》）

㈡黷武　商君曰：「夫故當壯者務於戰，老弱者務於守，死者不悔，生者務勸，此臣之所謂壹教也。民之欲富貴也，共闔棺而後止，而富貴之門必出於兵；是故民聞戰而相賀也，起居飲食所歌謠者，戰也……」（《商君書．賞刑》）

又曰：「故治國者，其摶力也，以富國彊兵也；其殺力也，以事敵勸民也……」（《商君書．壹言》）又曰：「入使民壹於農，出使民屬於戰。」（《商君書．算地》）

商君斥詩書禮樂而重戰功刑賞，箝制輿論，摧殘文明，以立信行法為手段，尊主強國為目的，陰險殘酷，曠古絕倫。顧其所說，非不言之成理，聽之動容，而行之有效，故其人雖非為大政治家，然在一種意義上卻不失為一「革命者」；惟商君之治斷然是專制獨裁，斷然不是民主法治。商君之法未行，若遇暴君，人民尚可私議，有私議，即不無是非，即不無相當尺度的言論自由，但商君之法行後，人民都套上了鏈鎖，無一漏網，個個戰慄，噤口無言。

法律之設，原是為人類共同生活之目的，而調節其互相間之關係，初非為君主駕御人民以成其野心之工具，然商鞅卻利用之以實行其黷武主義。這種法律與控御牛馬的軛具相類；如此而可謂為法治，則古代秦始皇之治亦為法治，今世希特勒，史達林之治亦皆為法治矣。

（二）管仲　管仲亦為一知法之為用而善於用法者；但其立法也，尊君而不虧於民，強國而無損於眾，在古君主專制時代，堪稱為一開明的政治家。

管子曰：「政之所興，在順民心；政之所廢，在逆民心；民惡憂勞，我佚樂之；民惡貧賤，我富貴之；民惡危墜，我存安之；民惡滅絕，我生育之；能佚樂之，則民為之憂勞；能富貴之，則民為之貧賤；能存安之，則民為之危墜；能生育之，則民為之滅絕。」（《管子．牧民》）

又曰：「以天下之目視，則無不見也；以天下之耳聽，則無不聞也；以天下之心慮，則無不知也。」（《管子．九守》）

又曰：「先王善牧之於民者也：夫民別而聽之則愚，合而聽之則聖；雖有湯武之德，復合於市人之言。是以，明君順人心，安性情，而發於眾心之所聚；是以，令出而不稽，刑設而不用。先王善與民為一體；與民為一體，則是以國守國，以民守民也。」（《管子．君臣》）

管子之法本於仁義，由撫民而強國，非為欲強國而制民。孔子雖譏管仲為「器小」，然仍稱之為「仁」。

管仲生在商鞅以前，時代背景不相若，而施設亦因之而有異。二人均曾實際當政，有所展布，然氣度有大小之不同，管仲幾於道，而商鞅則否。

（三）慎到　慎到在法家中堪稱為一位法律理論家。也許因為他一生未遇，無由抒其抱負，故能說幾句公道話。他說法律須定名分，杜爭端；立威信，示大公；平等齊一，上下同守。凡此皆是法之定理，法之素質，說穿了原不希奇。

慎子曰：「一兔走街，百人追之，貪人具存，人莫非之者，以兔為未定分也；積兔滿市，過而不顧，非不欲兔也，分定之後，雖鄙不爭。」（《慎子．逸文》）

又曰：「折券契，屬符節，賢不肖用之。」（《慎子．逸文》）

以上言正名定分，使是非有準，權義有屬：君臣，父子，兄弟，夫婦，朋友之關係如是，即人與物之關係，人與人以及於物之關係亦莫不如是，這是法律的第一原則；若不首事名分，則爭端莫由完了。尸子曰：「天下之可治，分成也；是非之可辨，名定也。」又曰：「正名去偽，事成若化……正名覈實，不罰而威。」管子亦曰：「名正法備，則聖人無事。」老子亦曰：「以正治國。」其他儒墨各家無不注重正名。「正名」法之體也；「定分」法之用也。

慎子曰：「法非從天下，非從地出，發於人間，合乎人心而已；治水者，茨防決塞，九洲四海，相似如一，學之於水，不學之於禹也。」（《慎子．逸文》）

上言法須合人情，順潮流，不必泥古；為人而作法，非為法而作法，更非為御眾而置法。「天視自我民視，天聽自我民聽」，惟知人情者乃知法自然。

慎子又曰：「故治國而無法則亂，守法而不變則衰，有法而行私，謂之不法……法之功莫大於使民不爭，今立法而行私，是私與法爭，其亂甚於無法……」（《慎子．逸文》）

又曰：「君人者舍法而身治，則誅賞予奪從君心出矣。然則受賞者雖當，望多無窮，受罰者雖當，望輕無已；君舍法而以心裁輕重，則同功殊賞，同罪殊罰矣，怨之所由生也……大君任法而弗躬，則事斷於法矣；法之所加，各以其分，蒙其賞罰而無望於君也；是以怨不生而上下和矣。」（《慎子．君人》）

又曰：「古之立天子而貴之者，非以利一人也……故立天子以為天下，非立天子以為天子也；立國君以為國，非立國以為君也；立官長以為官，非立官以為長也。法雖不善猶愈於無法，所以一人心也。」（《慎子．威德》）

以上三節說明立法須齊一平等，行法須大公無私，不然則法敗而世亂。慎子又暗示司法須脫離政治而獨立，不為人君之好惡所左右，否則法亦敗。此與現代法治思想的精神相合。

古之所謂法家者尚有申不害、尹文、尸佼、韓非諸氏，其中以韓非為巨擘，茲僅就其極端與溫和二派，略舉數家之學說以作例證。惟須申明者，古之言法者皆以君主統治人民為觀點，其由人民觀點以論權利義務者，實不多覯，故所謂德治者固為人治，所謂法治者亦未嘗非為人治也。

五、孔子與法律

孔子與孟子二氏，思想言論是一致的。他們提到人，總是稱堯舜，說到事，總是講仁義。倘我們將孔孟與老莊並列，或將孔孟與商韓同論，恐怕會受人批駁，指為擬於不倫。我在上文提過，孔子的思想與老子並無很遠的距離；二人同主無為而治。老子的道德就是抽象的仁義，反之，孔子的仁義也就是實質的道德。正因仁義有偽，如莊子所謂「為之仁義以矯之，則並與仁義而竊之」，故老子屏「仁義」二字而不用，寧稱其道為「無名之道」，其德為「玄妙之德」，甚至連「道德」二字亦勉強而用之。孔子則不然，他主正名以正偽，作《春秋》以揭發欺世盜名者，不怕忌諱，盡情褒貶。老氏實言而不實指，孔氏實指而又實言。

孔子與法家對照，其不同之處不在議論法之應有應無，或法之行與不行；而在立仁法與立不仁之法。仁法者愛人利民之法也，堯舜文武已行之矣；不仁之法為暴民御眾之法，商君之法是也。不仁之法而鑄諸鼎上，則人民將永不見天日，孔子患用法之濫也，故深痛而惡疾之。至治國不能無法而法令必自君主出，儒法二家之觀點並無歧異。

（一）孔子的法律觀　孔子講仁義，崇道德，不多談法律。所以世人誤認為他是主張絕對德治者；德治也就是人治，若待一有德之人出，天下乃治，則為治亦難矣。尹文子曰：

若使遭賢則治，遭愚則亂，則治亂係於賢愚，不係於禮樂，是聖人之術與聖主而俱歿，治世之法，逮易世而莫用，則亂多而治寡……（《尹文子・大道上》）

絕對的人治當然是靠不住的。尹文子辯正聖人之治亦為法治而非人治：

田子讀書，曰：「堯時太平。」

宋子曰：「聖人之治以致此乎？」

彭蒙在側，越次而答曰：「聖法之治以致此，非聖人之治也。」

宋子曰：「聖人與聖法何以異！」

彭蒙曰：「子之亂名甚矣。聖人者自己出也；聖法者自理出也；理出於己，己非理也，己能出理，理非己也。故聖人之治獨治者也；聖法之治，則無不治矣。」（《尹文子．大道下》）

韓非嚴斥人治之非，主張惟有用法，乃可長治而久安。他說：

堯舜桀紂千世而一出……中者上不及堯舜，而下亦不為桀紂；抱法處勢則治，背法去勢則亂；今廢勢背法而待堯舜，堯舜至乃治，是千世亂而一治也；抱法處勢而待桀紂，桀紂至乃亂，是千世治而一亂也。（《韓非子．難勢》）

當日的問題不在法之有無，而在治與不治。治國不能無法，行法則在得人。孟子言法曰：

離婁之明，公輸子之巧，不以規矩，不能成方員；師曠之聰，不以六律，不能正五音；堯舜之道（德），不以仁政（法），不能平治天下……故曰：徒善（德）不足以為政，徒法不能以自行。（《孟子．離婁上》）

在君主專制時代，人的因素自然深關重要，「文武之政布在方策，其人存則其政舉，其人亡則其政息。」（《中庸》）所謂方策也就是公布於眾的法令，但一旦聖人死亡，法就變質，政就廢止。法家也不否認人的因素，故云雖有善法，若遇桀紂則亂，雖有惡法，若遇堯舜亦治。儒法兩家的歧見不在法之形式而在法之運用。儒家以為，古聖王之法皆足為法，其所以敗壞者由於君主不仁（不愛民）不義（不重信），動搖了法的精神基礎，所以世界大亂；致治之道，惟有提倡仁義，培養人格，重建這個精神基礎，然後太平可期。法家以為舊法隨周德而衰，時遷勢變，已屬不足為法，故力主變法，先制人民，然後備戰，進而威服諸侯，則天下平矣。儒家之重視法律與法家同。

子曰：「聽訟，吾猶人也，必也使無訟乎？」無情者不得盡其辭，大畏民志，此謂知本。（《大學》）

又曰：「名不正，則言不順；言不順，則事不成；事不成，則禮樂不興；禮樂不興，則刑罰不中；刑罰不中，則民無所措手足。」（《論語・子路》）

以上二段充分說明行法必須立信，立信必先正名。「聽訟，吾猶人也」謂以法官的立場，在法言法，孔子的折獄不會與其他法官有異；但最重要的是立信，信立，則是非判，作偽者就無所施其伎倆。民信法而畏法，則法可懸而不用，知此乃為知本。治民首重息爭，息爭之道一半固靠執法的公平，一半卻繫於立法及教育。立利民便民之法，民樂於接受，違之者寡矣；崇禮與樂，民和而知恥，則爭訟者鮮矣。孔子不僅為一法官，同時亦為一政治家、教育家，他指出理訟不過為治道之一端，尚有大於此者在，為政者不可不深加注意。

孔子又曰：「片言可以折獄者，其由也與？子路無宿諾。」（《論語・顏淵》）

「片言折獄」與「無宿諾」似乎沒有因果關係，連用在一起，有些不合邏輯。但孔子所指的是法信。子路對人沒有經久而不履行的諾言，可知其如何重信，既知重信，自能行法；法信立則是非明，片言自可折獄。孔子此言，無異是說：「子路所以能片言折獄者，以其重法信也。」

（二）仁義中心的法律　仁義的範圍很廣泛，可因不同的人事關係而化為各種文義：如孝弟、忠信、仁愛等是。這個人事關係，發為喜怒哀樂之情而皆調節得中，謂之和，若能做到「中和」，結果便是「天地位焉，萬物育焉」。

由政治言，仁是愛人，義是利人，君主若能行愛人利人之政，自然會受人民的愛戴，不患天下不治。仁義是一個主義，雖不直接說到法律，而法律已經含蓄在其中。

我們若以「仁」字解作「人與人之間的關係」，其作用在「正名」；若以「義」字解作「應為與應不為」，其作用在「定分」；以現代語來說，也就是身份關係及權利義務。故仁義雖不即是法律而法律卻以仁義為核心。

但是，調整人事關係不僅靠有形的法律，同時亦靠無形的禮教，必須雙管齊下，相輔為用，方能收治平之效。

孔子曰：「君子之道……凡人之知，能見已然，不能見將然。禮者禁於將然之前，而法者禁於已然之後……禮云禮云，貴絕惡於未萌而起敬於微眇，使民日徙善遠罪而不自知也。」（《大戴禮・禮察》）

禮重在造人，是積極的；法重在去惡，是消極的。禮的範圍大過於法；凡犯法者鮮有不違禮，背禮者則不必皆為違法。故曰：「禮之所去，刑之所取，出禮則入刑。」（《後漢書・陳寵傳》）刑以政治力量為制裁，禮恃社會輿論為制裁。

禮法必須並用，不可偏廢。孔子曰：

道之以政，齊之以刑，民免而無恥；道之以德，齊之以禮，有恥且格。（《論語・為政》）

孔子的意思是說，徒有刑是不夠的，必須輔以禮，才能使人民不但有恥，而且守法。我們也可以說，政之內應涵有德，法之內須藏著禮。那就是以仁義為中心的法律。

近代英國文學裏有一本小說，名《魯濱遜飄流記》。魯濱遜因覆舟而流落在一個荒島上，沒有第二人為伴，過著自然生活，當然用不著法律。後來他收服一個野人為僕，名為佛來迪，法律就馬上起了作用。他們之間不期然而然的發生了主僕關係；主僕之名分定了，然後二人可不爭，然後可以分工合作，然後可以共存。名分，法也；分工均，仁也；分食平，義也。在初，魯濱遜之不殺佛來迪，仁也；佛來迪感恩而願為之僕，義也。在後，各守其分，各盡其職，節之者禮也，成之者和也；患難相共，始終如一，策之者忠也，羈之者信也。魯佛二人原非相知，語言亦不相通，不識何謂仁義，何謂法律，然這種觀念卻油然而生，蓋發於人性自然之理者也。

仁義中心的法律亦即為現代之所謂自然法，不待人為而後然；有社會必有這樣的法律，其為生活之所必需正與衣食住同。但禮儀則有時出於人為，因其目的不但在絕惡於未萌，且亦欲進善於無形故也。人類共同生活有賴於互助，然又不能不分人我，作禮以和之，利互助也；立法以制之，防逾越也。

（三）人道主義的法律　我國在遠古帝王時代，早已有了民本思想，儒家的政治學說即以此為理論基礎。立君所以為天下，立法所以為人民。治人以法，法不離人。聖人明天理而知人情，故言「哀矜折獄」。法家則反是，以為治亂必先制民，制民必先立威，法者施威之具也。鄭子產不失為一賢者，其論政曰：

唯有德者能以寬服民，其次莫如猛；夫火烈，民望而畏之，故鮮死焉；水懦弱，民狎而翫之，則多死焉。《左傳・昭公二十年》

此係強調「徒善不足以為政。」韓非子之學說則基於功利主義；曰：

夫聖人之治國，不恃人之為吾善也，而用其不得為非也；恃人之為吾善也，境內不什數，用人不得為非，一國可使齊……不恃賞罰而恃自善之民，明主弗貴也，何則，國法不可失，而所治非一人也。故有術之君，不隨適然之善，而行必然之道。《韓非子・顯學》

又曰：「母之愛子也倍父，父令之行於子者十母；吏之於民無愛，令之行於民也萬父母。父母積愛而令窮，吏威嚴而民聽從。」《韓非子・六反》

法家以為人性多惡，故作嚴峻之法以制之。儒家異是，以為人性多善，故用禮以教之，法以防之；禮窮而後用法。法非不用也，不得已而用之也。

茲將儒法二家對於用法之精神比較之：

㈠儒家之法

皋陶曰：「帝德罔愆，臨下以簡，御眾以寬，罪勿及嗣，賞延于世，宥過無大，刑故無小，罪疑惟輕，功疑惟重，與其殺不辜，寧失不經，好生之德，洽于民心，茲用不犯于有司。」（《尚書．大禹謨》）

孔子亦云：「古之聽民者，察貧窮，哀孤獨矜寡，宥老幼不肖無告；有過必赦，小罪勿增，大罪勿纍，老弱不受刑，有過不受罰……與其殺不辜，寧失有罪，與其增有罪，寧失過以有赦。」（《尚書．大傳》）

孔子又曰：「古之刑者省之，今之刑者繁之，其教古者有禮，然後有刑，是以刑省也；今也反是，無禮而齊之以刑，是以繁也。」（《尚書．大傳》）

又曰：「今之聽民者，求所以殺之，古之聽民者，求所以生之，不得其所以生之之道乃刑殺，君與臣會焉。」（《尚書．大傳》）

孟子亦曰：「以生道殺民，雖死不怨殺者。」（《孟子．盡心》）

㈡法家之法

商君曰：「行刑重其輕者，輕者不生，則重者無從至矣；行刑重其重者，輕其輕者，輕者不止，則重者無從止矣。此謂治之於其亂也。故重輕則刑去事成，國彊；重重而輕輕，則刑至而事生，國削。」（《商君書．說民》）

又曰：「章善則過匿，任姦則罪誅；過匿則民勝法，罪誅則法勝民……故曰以良民治必亂，至削；以姦民治必治，至彊。」（同前）

又曰：「立君之道，莫廣於勝法，勝法之務，莫急於去姦，去姦之本，莫深於嚴刑，故王者以賞禁，以刑勸，求過不求善，藉刑以去刑。」（《商君書・開塞》）

儒家之法寬厚而利生；法家之法苛刻而削民。前者治民，民心悅而誠服；後者制民，民戰慄而強從。儒家以人民為本，法家以君國為主，二者雖同言法而相去有如霄壤。

英國福德司格 (Fortescue) 曰：「執法之要，寧使多人脫逃死罪，而勿令一人無辜處死。」(One would much rather that twenty guilty persons should escape the punishment of death than one innocent person should be executed.)，正與我古訓「與其殺不辜，寧失不經」之旨，不謀而合。「毋縱毋枉」不過言執法須客觀而公平而已，非謂聽訟者必能做到毫釐無差。法家刻薄，主寧枉勿縱；儒家寬厚，主寧縱毋枉。胡適之說：「儒家『為政以德』，『保民而王』等話，說來何嘗不好聽，只是沒有收效的把握；法治的長處在於有收效的把握……法律無效，等於無法」，云云。（胡著《中國古代哲學史》三：九四頁）美國憲法以保障人權為第一要義，特設「法定程序」(due process of the law)，以資保護，明明有罪之人亦往往藉此掩護而脫罪，「寧縱毋枉」之例不勝枚舉。難道說，美國的法律即因是而失效？或者，其不收效處正是其用法之最得力處？

（四）理性法律　古代法家論法，大都從功利主義著眼，沒有在法學上做功夫。這也難怪他們，因為他們著書立說，無非是要說服君主，惟有強調法律的功用與效果，說得清楚動聽，方可望君主採納。所以，關於法律的基本原理，社會意義，權利義務，定性與變性等等都沒有提到。凡以功利說人主者，其自身也必有功利意識，免不了主觀。因是，綜合法家的種種學說也拼湊不成一套現代觀的法學。我們可以說，我國古代只有「法家」，而沒有法學。

孔老的學說雖也是對君主進言，但他們不談功利而說仁義道德，眼光比較遠大。因為他們都志在行道而無私念，所以說話也比較客觀。孔老二家的著述都很散漫凌亂，倘能細加整理，在法理方面可能有極可貴的發現。

儒家的學說在當時就被世人指為迂闊而無益於實際。因為他們崇德而不重法，有人以法與德相衝突處，提出一個假想問題，質詢孟子：

桃應問曰：「舜為天子，皐陶為士，瞽瞍殺人，則如之何？」

孟子曰：「執之而已矣。」

「然則舜不禁與？」

曰：「夫舜惡得而禁之，夫有所受之也。」

「然則舜如之何？」

曰：「舜視棄天下猶棄敝蹝也；竊負而逃，遵海濱而處，終身訢然，樂而忘天下。」（《孟子・盡心》）

上列一段談片，粗看似乎平淡，但儒家政治思想的真締卻已和盤托出，發揮無遺。

殺人者治以罪，法也；天子不得干涉，法也；法官不得曲縱，法也。法者天下之至道，大公無私之制也，故曰：「夫有所受之也。」這正與管子所說「不為君欲變其令，令尊於君」、「不為愛民虧其法，法愛於民」（《管子・法法》）完全吻合，充分顯示出儒家尊重法的態度。

然則倫理如何？古者，人倫以孝親為本，孝者仁之端，法之源也。舜為天子而以法殺父，不孝也；臯陶為吏而以法治天子之父，不義也。不孝不義，又怎能以正治天下？不治罪則敗法，治之罪則亂德。無已，惟有在人民立場求一出路。人倫與法律互為因果，均為社會生活所不可缺，為保全二者之完整，只有棄去帝位，竊負其父而逃，才是正辦。舜在位為天子，退位為平民，竊負而逃是以平民而背了父私逃，逃到很遠很遠人跡罕至的海濱，不為巡緝者所邏獲，倘被捕獲，還是要受法律的制裁。這真是入情入理面面周到的結論。至於尊貴的帝位，便如此輕易棄去，豈不是很可惜嗎？何以孟子反說「視之如敝蹝」，「終身訢然，樂而忘天下」？這正說明儒家對於「民本」思想的堅定立場，為天子原是為天下，不是為個人；所以天下是天子很重的負擔，棄去並不可惜；若因留戀帝位而敗壞法紀倫常，創個惡例，那就是因私而廢公，不是為天下了。他的不為天下也正是為天下。所以他可以訢然終身，樂而忘返。在這種情形，倘遇法家必以太子犯法，師傅代罪同樣的掩耳盜鈴方法解脫罪名而保持帝位。（《史記・商君列傳》）但儒家卻不肯這樣做。胡適之舉這個例子，批評儒家沒有「法律之下，人人平等」的觀念（胡著《中國古代哲學史》三・九二頁），似乎是沒有把握住這個問題的重心。

同此，還有一個例子：

葉公語孔子曰：「吾黨有直躬者，其父攘羊，而子證之。」

孔子曰：「吾黨之直者異於是；父為子隱，子為父隱，直在其中矣。」（《論語・子路》）

現代法律對於縱放或便利近親之犯罪者脫逃，有減刑之明文（刑法第一六二條）；關於近親犯罪，得拒絕證言，如作證，則不得命為具結（刑訴法第一六八條，現第一八〇條）；蓋若非如是，就會有乖戾倫常，背悖人情的怪現象發生，殊足敗壞社會風氣，影響生活安寧。這種措施，在法律價值論（value theory）的觀點言，所保全的實遠超過所損失的。這便是孟子所謂不可枉尺而直尋的意思，更何況枉尋以直尺乎？孔孟在二千多年以前已有如此卓越的法律見解，與現代法律思想比較，可謂絲絲入扣，求諸當日所謂法家者流，寧能得之？

法律有形式，有精神，有文理，有學說，綜合而成為一套學問，具體的法條反屬次要。譬如，商君之法曰：「不告姦者，腰斬」，這不過是法律，但孔子卻說「父子不告姦」，這就是學問。法律以法理為基礎，刻守法條而背棄法理，法律便站不住，反之，變通條文而遷就法理，有時反可將法律的精神烘托出來。

孟子的書裏另有一段問答，雖問者的意思是在督促孟子出仕，但於法律及禮義卻有極可貴的啟示：

淳于髡曰：「男女授受不親，禮與？」

孟子曰：「禮也。」

曰：「嫂溺則援之以手乎？」

曰：「嫂溺不援，是豺狼也。男女授受不親，禮也；嫂溺援之以手者，權也。」（《孟子・離婁》）

我國向來將禮教看得非常嚴重，有時法可不顧，而禮卻不可不守。禮是基於「長幼有序，男女有別」一原則，目的在使社會及家庭生活，有條不紊，和平相處。男女授受不親在當日是天經地義的教條，叔嫂之間更加上了一層倫理關係，尤不許有亂。所以說「男女授受不親，禮也」。但嫂溺而援以手，是原則的變通，所以曰「權也」。有原則自有例外，例外證明（確定）原則。「權」原是指權衡而言，在這種情形之下，遵禮就不能救人，救人則必須背禮，權衡得失，自然以救人為重要。孔子曰：「人而不仁，如禮何？」（《論語・八佾》）見人蒙難而不救，背仁，背仁也就是背禮，故嫂溺而援以手，不但不為背禮而且正是循禮。後世有食古不化者，誤解禮教，將原所以資生者反用以為害生，致有「殺人的禮教」之譏，是豈禮之失哉？蓋用禮者不學無術之過也。

世人鑑於法家言法，儒家不言法，故只在法家的著作中尋求法理。所謂法家者多抱著功利主義，議論淺陋，見解偏狹，原是一塊瘠田，不會有很多的收穫。但在儒家的學說中卻蘊藏著豐富的寶藏，掘發不盡。要之，民本是古代正統法學的基石，仁義是其精髓，循此路線，把握綱領，進而加以研究，我們就不難整理出一套最合理性而又最有系統的中國古代法學。

六、結論

古代政治是採「裂土分治」制：天子垂拱，正己立人；諸侯守職，盡心民事；天子制禮樂，諸侯傳教化；諸侯備兵車，天子專征伐；天子巡狩，諸侯述職，所事者無非春省耕而補不足，秋省斂而助不給；以是百姓豐足，天下太平。這種制度，在那個時代，自不失為最文明的政制，就是與現代民主聯邦分權分治的學說亦不無暗合之處。但到了周朝後期，天子失德，這個制度就呈崩潰之象。諸侯擁有兵力，跋扈自大，王室式微，勢難控制；自此，天下多事，民不聊生，擾攘至三百餘年之久。

孔老時代，周室氣數已盡，無法扶持，雖齊桓公倡尊王之義，九合諸侯，不以兵車，其志亦僅在強齊國，霸諸侯而已。當日諸侯之均勢未破，紛爭不已，欲謀中國之統一，有三種學說：(1)以德行仁，孔子是其代表；(2)以力假仁，管仲是其代表；(3)以力假法，商君是其代表。管仲折衷，不夠徹底，所以後來只剩有「以德王天下」與「以力服天下」二派。孔孟的學說以民為本，一般庸主都以為過於理想，過於迂迴，終不能行；商韓的學說以尊君為上，行法輔之，功速而效著，言之動聽，不難接受。秦王以是統一中國。

由當日的政治言，法家的成功比儒家為大，但由後世的政治法律言，儒家卻有不可磨滅的貢獻與深遠的影響。

孔子主張民本，與現代的民主政治彷彿相似，其仁義主義，亦與現代的法律精神暗合。孔子是一位宇宙觀的政治哲學家，重君主邦國，所以重天下人民；他的學說言之於諸侯，正若與虎謀皮，其不被採納，固宜。孔子的宇宙觀，可舉一例以為證：

> 楚共王出獵而遺其弓，左右請求之。共王曰：「止，楚人遺弓，楚人得之，又何求焉。」仲尼聞之曰：「惜乎其不大。亦曰，人遺弓人得之而已，何必楚也。」（《說苑・至公》，《公孫龍子・跡府》，《呂氏春秋・孟春紀貴公》）

孔子視天下人民為一體，故曰：「自其異者視之，肝膽楚越也，自其同者視之，萬物皆一也。」（《莊子・德充符》）當日諸侯，分據一方，各自為政，但自其高者遠者以觀，越人猶楚人也，既同為人，殊不必為楚人謀厚於為越人謀。

綜觀孔子的學說，其由個人立身言，重忠信篤敬，忠信是仁，篤敬是禮；故曰「言忠信，行篤敬，雖蠻貊之邦行矣」（《論語・衛靈公》）；其由政治言，則主「謹權量，審法度，修廢官，四方之政行焉；興滅國，繼絕世，舉逸民，天下之民歸心焉。」（《論語・堯曰》）孔子所希望達到的最後目的是天下大同。

> 大道之行也，天下為公，選賢與能，講信修睦，故人不獨親其親，不獨子其子，使老有所終，

壯有所用，幼有所長，矜、寡、孤、獨、廢疾者皆有所養，男有分，女有歸。貨惡其棄於地也，不必藏於己；力惡其不出於身也，不必為己。是故，謀閉而不興，盜竊亂賊而不作，故外戶不閉，是謂大同。（《禮記・禮運》）

上列一段記載，已將現代民主政治，國家經濟，社會福利之原則全包括在內。孔子以天下為心，庶民為懷，修仁義而崇道德，雖不侈言法律而法律已在其中矣。

孟子曰：「孔子之謂集大成，集大成也者，金聲而玉振之也：金聲也者，始條理也；玉振之也者，終條理也。始條理者，智之事也，終條理者，聖之事也。」（《孟子・萬章》）

參、孔子如生在今日【孔孟學會演講稿】

一、引　言

孔子在中國文化史上地位　孔子誕生於距今二千五百年以前（生於周靈王二十一年夏正八月二十七日，卒於周敬王四十一年，551–479 B.C.），他是中華民族最崇拜的大聖人。他的教訓，潛移默化，影響每一個人的生活。後世學者，或從事訓詁，或演述義理，目的總在要了解孔子的思想。我們對於孔子心嚮往之之熱忱，從沒有給悠長的歲月所沖淡。

孔子是啟蒙時代的聖人。沒有孔子的立言，那末，堯舜的立德，文武的立功，都無由表彰。沒有孔子，中國文化便無由開始，亦無所依歸。太史公曰：「中國言六藝者折中於夫子。」我們幾乎可以說，若沒有孔子，中國便沒有如是光輝燦爛的文化。

古今時代變遷　到了孔子歿後二千餘年，世界起了一個劇變。這不是一國興一國亡的悲喜劇——不是一個歷史事實的循環。這個空前的演變就是不流血的「工業革命」(Industrial Revolution) 開始在一七六〇年之間，至今還在進行中。它的最顯著，最普遍的現象是天上的飛機和地上的汽車。這個勢力侵入地球的每一角落，雖極保守的人亦復欲拒不能。因此，人們的思想改變了，社會改變了，風俗習慣改變了。要之，人間的一切一切，無所不變，甚至吾們所崇拜的至聖孔子，在觀念上，亦不能與過去完全一樣。

孔子學說的影響力　孔子當日所處的是農村社會，政治經濟都以土地為中心。自秦入漢，雖規模氣象各有不同，然社會生活，思想背景，卻都無何變更。孔子舉出堯舜文武，主張「民為邦本」。他的學說，上可資為治平的大道，下可資為修齊的軌範，原是金聲而玉振，顛撲不破的，不料到了後世，卻被帝王們利用，作為控制人民的利器，但因其深入人心，而為上下所一致接受，所以也曾對帝王們發揮了不少約束的力量。梁任公說：

> 誠然，歷代帝王，假冒儒家招牌，實行專制，此種情形，在所不免，但幾千年來，最有力的學派，不惟不受帝王的指使，而且常帶反抗的精神，儒家開創大師，如孔孟荀，都帶有很激烈的反抗精神……東漢為儒學最盛時代，但是《後漢書．黨錮傳》皆屬儒家大師。最令當時帝王頭痛，北宋二程，列在元祐黨籍，南宋朱熹列在慶元黨籍，摧殘得很利害。又如明朝王陽明，在事業上雖曾立下大功，在學問上到處都受摧殘。由此看來，儒家也可以說是伸張民權的學問，不是擁護專制的學問……（梁著《儒家哲學》：中華版九頁）

古代帝王的權力是漫無限制的，生殺予奪，任所欲為。古希臘歷史家說：「人若擁有無限的權力，則雖一至德之人，其作為亦必每況愈下。」(Herodotus, 5th Century B. C.) 若遇到一位昏君，竟無一人可阻止其行動。在中國只要提出孔子修齊治平的道理，帝王就不能不賣賬，往往會委屈就範。古代沒有憲法，但孔子的道理卻曾發生了一些猶若今日憲法的作用，人民蒙了福。

「仁」與「仁政」　自上古以迄十九世紀之末，中國的政治只有一個君主專制，而治國的大道也只有一個儒家哲學，換言之，即孔子所提倡的一個「仁」字。政治與儒學，二者相生相尅，配合得非常微妙。《說文》：「仁」，親也，从人二。仁為二人對立，即人與人間之關係，為君主者有君主的權利義務，為人民者有人民的權利義務；推之，父子，兄弟，夫婦，朋友也莫不各有其權利義務，要皆為「仁」之作用。若此政治便名為「仁政」。仁政是眾人政治，眾人政治，也可算作是古時代的民主了。

文化定型　自漢以後，君主政治染上儒家的思想，中國的文化就定了型，歷二千餘年而不變，直至十九世紀末葉，外敵迫境，乃有先知先覺者，大聲疾呼，促國人奮起救亡，始知吾國事事落後，急起直追，猶覺望塵莫及。於是，有人疑問，現代中國國勢孱弱的緣故，恐怕孔子和孟子都要負一部份責任，更有激烈份子主張打倒「孔家店」或主張「將線裝書拋在茅坑裏三千年」。這種說法猶若敗家子自己不知長進，專靠祖業揮霍，迨至一敗塗地，反怪怨祖上遺下財產的不是。豈不可笑！

變通與革新　孔子是「聖之時者」，聖之時者，便是「不朽」。孔子的學術思想有永恆的價值，誠若黃金，歷時而不變，過去有效，今天一樣有效。他教人則曰：「溫故而知新」。這是說，一邊要溫故，一邊又要知新，不是說，溫故便能知新，天下沒有如此便宜事。孔子不是一位食古不化，墨守成規的迂夫子。《大學．釋新民章》曰：「苟日新，日日新，又日新。」又曰：「周雖舊邦，其命維新。」聖人與時推移，不凝滯於物。中國國勢的凌弱，形成一個敗落戶的現象，要怪我們後世子孫自己不長進，祖先有何罪過！今天我們若重新整理一下孔子傳下的舊業，很快便會發現，其中十之八九都是真理，可用於今日，使中國躋於第一等強國之列，問題倒在我們會不會利用這一份基業。真正的關鍵不在如何將我們搬回到二千年以前去，跟當日的孔子學；而在如何將孔子搬到二千年以後的今天來，讓我們跟今天的孔子學。法國最高法院院長鮑樂波利 (M. Ballot-Beaupré) 提出進化觀法律論，他說：「《拿破崙法典》的解釋應跟隨時代演變，我們不要追問一世紀以前的立法者如何設想，而要探討當日的立法者若生存在今日將如何設想。」美國最高法院解釋憲法，亦曰：「法院不應揣摩一百五十年以前古人的思想，而要探求彼等若知有今日的情勢與今日的問題時，將作何設想。」我們對於孔孟學說，所取的態度，本來亦應如此。可是二千年來，我們震於孔子人格的偉大，學問的淵博，便停留仰望，趦趄不前。這豈是孔子的本意？學問之道，不進則退。我們生在孔子以後二千多年，而思想觀念還是停滯在二千多年以前，所學的無非是古人的「前言往行」。在藝術方面，繪畫要寫古意，音樂要奏古調。讚揚人則曰：「古道熱腸」，「古樸可風」，譏刺人，則曰：「世風日下，人心不古」，處處追隨古人，二千年如一日，無怪到了今天，便覺事事落後。日本伊藤博文嘗批評中國說：「中國執權大官，腹中經濟，只有前數千年之書，據為治國要典。」吉田茂亦言：「中國人雖然是東方最大的民族，但他們從來就不能使他們適應較大世界的時代趨勢。」（吉田茂著《日本決定性的一個世紀》）這些話，初聽之，雖使人不服氣，細思之，卻都是至理名言，針針見血，虛心一些，我們應該予以接受，並加以警惕。

孔學在今日　孟子曰：「禹稷顏子，易地則皆然。」我以為古今聖賢，易時亦皆然。孔子如生在今日，他就是與發明三民主義的國父，提倡倫理、民主、科學的蔣總統同等的人物。但若以當日之孔子以其當日之思想而生於今日，或以今日的國父、總統各以其今日之思想而生於往日，那就都不合時宜了。

我們今天崇拜孔子，發揚孔孟學說，不僅因為他們是古代的大聖人，大賢人，而是因為他們的學說具有千古不朽的真理，「行而世為天下法，言而世為天下則」，足以「經綸天下之大經，立天下之大本，知天地之化育。」（《中庸》）用現代語來說，孔子學說本來孕有倫理、民主、科學的意義，是一部大學問，大經濟，只待我們去掘發，利用，以適應今日的需要，如此而已。因此，我提出這個「孔子如生在今日」的題目，以《論語》中的道理，來證明孔子如生在今日，他必然亦是一位提倡倫理，民主，科學的現代化聖人。茲分述之：

二、倫　理

何謂倫理　倫理是有關於人與人間之關係的科學，它是禮法的基礎，卻高出於禮法，孔子稱之為「仁之本」，其始也，造端乎夫婦，及其至也，察乎天地。總統曾加以闡說：「其始也，固在人人親其親，長其長，其終也，則不獨親其親，不獨子其子，且使老有所終，壯有所用，幼有所長，鰥寡孤獨廢疾者，皆有所養。」孔子的學說自小而大，自近而遠，不但涵有倫理的本義，而實在更涵有現代的民生主義的胚芽，以及社會經濟的至高理想。

仁與倫理　申論之，倫理是「仁」的作用，小之家庭團體，大之社會國家，其構成份子都要凝結成為一體，休戚相關，不容分裂。故曰：「仁者，人也，親親為大；義者，宜也，尊賢為大」。（《中庸》）又曰：「君臣也，父子也，夫婦也，昆弟也，朋友之交也，五者天下之達道也，知仁勇三者天下之達德也」。（《中庸》）這個道理，化之，為君臣、父子、夫婦、兄弟、朋友，合之，為「仁」；化之，為親親尊賢，合之，為「仁」。知是知仁，勇是行仁，要之，皆是以仁為中心，皆是普天下顛撲不破的真理。

孔子的治平大道是以孝為出發點的，故曰：「孝乎惟孝，友於兄弟，施於有政，是亦為政，奚其為為政。」凡不孝者，必不能盡忠，此是定理；凡能行孝者，則以身作則，也就是在為政了，不必更進而實際參與政事。倘能由孝而發揮為忠，再由忠而發揮為「尊賢而容眾，嘉善而矜不能」，倫理的本質與作用亦就發揮到至矣盡矣。孔子這番道理原是針對二千年以前的社會而言，二千年以來，我們都能遵守不渝，但孔子卻絕不是拘泥於小節的，所謂：「大德不踰閑，小德出入可也。」所以，時至今日，孔子的倫理學說，若從大處以觀，亦復大可適應工業社會的需要。反過來說，在任何一個社會裏，無論其現代的名稱為何，若絕無彷彿似孔子所說的那一套道理，作為人與人間和睦相處的軌範，無論在東方或在西方，我敢斷言，社會關係便建立不起來，從而，也就無文化之可言。沒有精神文明，也就沒有物質文明。

三、民　主

民本思想　孔子當日所處的是君主政制下的封建社會，言論自由受有限制，過於激烈的主張自不為當局者所能容忍，但是因為列國勢均力敵，各有兼併的野心，為爭取學術之士，助其肆暴，故給予辯士們以言論自由的相當尺度，以期各抒抱負。先秦學術思想所以能特別發達，其故在此。孔子申引古代堯舜桀紂這些象徵人物，以烘托出他的「民本思想」——為民以設君，非設君以虐民。孟子更說得明白：「民為貴，社稷次之，君為輕。」在當日的環境中，孔孟居然持有如此高超的見解，其人格也就夠稱為十分偉大了。

仁與民主　孔子所謂「仁」，原意是指著倫理，但同時亦推廣而兼指「民主」。何以見之？孟武伯問：「子路仁乎？」子曰：「不知也。」又問，子曰：「由也，千乘之國，可使治其賦也，不知其仁也。」「求也何如？」子曰：「求也，千室之邑，百乘之家，可使為之宰也，不知其仁也。」「赤也何如？」子曰，「赤也（公西子華），束帶立於朝，可使與賓客言也。不知其仁也。」（〈公治長〉）又子張問曰：

「令尹子文，三仕為令尹，無喜色；三已之，無慍色。舊令尹之政，必以告新令尹，何如？」子曰：「忠矣。」曰：「仁矣乎？」曰：「未知焉得仁。」「崔子弒齊君，陳文子有馬十乘，棄而違之，至於他邦，則曰：『猶吾大夫崔子也。』違之，之一邦，則又曰：『猶吾大夫崔子也。』違之，何如？」子曰：「清矣。」曰：「仁矣乎？」曰：「未知焉得仁。」由，求，赤，和子文文子，都是當日的賢人，幫助其君治國，頗有令名，舉以問孔子，這些人是否堪稱為「仁人」，其所為是否堪稱為「仁政」，孔子只說他們有才幹，能治國，能忠，能清，但不得稱為仁。何以故？因為，能為君主理財，處事，或酬酢者，未必都能愛民，而為人民謀福利，所以不能稱之為仁；能忠於君主，愛惜名節者，也未必都出於為國為民的動機，所以亦不能稱之為仁。這也不是仁，那也不是仁，那末，究竟什麼才算是仁呢？「仁」即眾人，「仁政」是眾人之政，不是君主一人之政。凡為民者為仁；不為民者不為仁。是輩衰衰者，賢則賢矣，仁則未也。當日聖人雖有民主意識，卻沒有用這個「民主」的名詞，只是以一「仁」字表示之。實際上仁即是民主，民主即是仁，古今用語雖不同，其義則一。故我們可以斷言，孔子若生在今日，他必主張民主，擁護民主；他必然是一個十足的民主主義的戰士，必然為民主奮鬥到底，絕不動搖。玆申引之：

（一）仁者愛民

㈠汎愛眾而親仁。（〈學而〉）

㈡唯仁人能好人。（〈里仁〉）

㈢仁者己欲立而立人，己欲達而達人。（〈雍也〉）

㈣老者安之，朋友信之，少者懷之。（〈公冶長〉）

㈤任重而致遠，仁以為己任。（〈泰伯〉）

（二）仁者大公無私

㈠泰伯三以天下讓，民無得而稱也。（〈泰伯〉）

㈡君子之於天下，無適也。（〈里仁〉）

㈢巍巍乎，舜禹之有天下也而不與焉。（〈泰伯〉）

㈣舜有天下，選於眾，舉皋陶，不仁者遠矣；湯有天下，選於眾，舉伊尹，不仁者遠矣。（〈顏淵〉）

（三）仁者尊重民意

㈠以能問於不能，以多問於寡。（〈泰伯〉）

㈡君子喻於義，小人喻於利。（〈里仁〉）

㈢百姓足，君孰與不足。（〈顏淵〉）

㈣出門如見大賓，使民如承大祭，己所不欲，勿施於人。（〈顏淵〉）

（四）仁者為民造福

㈠修己以安人，修己以安百姓。（〈憲問〉）

㈡先有司，赦小過，舉賢才。(〈子路〉)

㈢財聚則民散，財散則民聚。(《大學》)

㈣仁者以財發身，不仁者以身發財。(《大學》)

㈤國不以利為利，以義為利也。(義者乃為國為民之大利也)(《大學》)

(五) 仁者不擾民，故有德

㈠無為而治者其舜乎……正南面而已矣。(〈衛靈公〉)

㈡文王視民如傷。(《孟子・離婁》)

㈢不以堯之所以治民治民，賊其民者也。(《孟子・離婁》)

㈣驥不稱其力，稱其德也。(〈憲問〉)

以上引證，都在說明，為天下者應該為民而不為己，崇仁而不重私。國君聚斂財富，以逞私慾，便是賊民，便是害民。推之，為臣子者也不可忘卻百姓，助紂為虐，若然，便是賊害人民，幫凶作惡，其為不仁，不待贅言了。君與臣都是食的民脂民膏，縱不作惡，亦已傷了百姓，更何況賊害之？故曰，「文王視民如傷」。

民主與法治　民主政治，原亦未嘗不可置君，今天就有此種例子，不足為奇。現代的君主，卻都能如我國古代聖王，做到「垂拱而治，無為而天下平」。孔子的理想在外國已見諸事實。

民主是眾人共治。無論直接民治，或間接民治，民主斷然不是一個人或少數人專制。要之，民主即非為人治，非為人治亦就是法治。孔孟都盛稱文武之政為「仁政」。仁政即是民主。玆以論語證之：

（一）民主必重法治

㈠為政，必也正名乎？名不正，則言不順；言不順，則事不成；事不成，則禮樂不興；禮樂不興，則刑罰不中；刑罰不中，則民無所措手足。〈子路〉

㈡舉直措諸枉，則民服，舉枉措諸直，則民不服。〈為政〉

㈢其身正，不令而行。〈子路〉

（二）法治必重制度

㈠齊景公問政，子曰，君君、臣臣、父父、子子。〈顏淵〉

㈡謹權量，審法度，修廢官，四方之政行焉。〈堯曰〉

㈢為命，裨諶草創之，世叔討論之，行人子羽修飾之，東里子產潤色之。〈憲問〉

（三）法治必立法信

㈠人而無信，不知其可也。大車無輗，小車無軏，其何以行之哉。〈為政〉

㈡片言可以折獄，其由也歟。〈顏淵〉

㈢信近於義，言可復也。〈學而〉

㈣自古皆有死，民無信不立。〈顏淵〉

㊄言忠信，行篤敬，雖蠻貊之邦行矣。（〈衛靈公〉）

民主與法治是互為因果的。在現代，民主必為法治，法治亦必為民主。所謂法治原是指憲政而言，不僅是指行法而已。古代商君之治是行法以固君權，所以實際是人治，而非法治。這裏我們要加辨別，否則失以毫釐，就會差以千里。孔子所謂「民為邦本」，即是民主，他有民主的意識，卻未提出民主的口號。明鄒南皐說「舜為天下，自天下起意」，疏說得非常明白。又明薛方山曰：「古者諫無官，以王天下之公議，寄之天下之人，使天下之人言之，此其為盛也。」崔復渠亦曰：「其世治者，其論公於眾；其世興者，其論公於朝；其世衰者，其論公於野；上下不公，其世不可為矣。」是即「以能問於不能，以多問於寡」的意思。以能問於不能，便是「天下為公」，以多問於寡，便是「任賢與能」。這種思想，如能發揮盡致，便是十足的民主主義。

四、科　學

何謂科學　科學的意義是「求知識」，或者說「求學問」。孔子是一位大學者，他的學問功夫，自是做得十分到家，翻開一部《論語》，其中所言大多是道學問。他開始就說：「知之為知之，不知為不知，是知也。」此與現代科學的觀點，正相符合。歷史哲學家柯林武 (R. G. Collingwood) 說：「一切科學自知其所不知為開端——科學不特將已有的知識蒐羅整理，且須著重於其所不知而探索之。」

(All science begins from the knowledge of our ignorance; not our ignorance of everything, but our ignorance of some definite thing. Science does not consist in collecting what we already know and arranging it in this or that pattern. It consists in fastening upon something we do not know, and trying to discover it.)

孔子治學　茲觀孔子如何治學：

（一）態度之客觀

㈠知之為知之，不知為不知。（〈為政〉）

㈡入太廟，每事問。（〈八佾〉）

㈢我非生而知之者，好古敏以求之者也。（〈述而〉）

㈣毋意、毋必、毋固、毋我。（〈子罕〉）

㈤博學之、審問之、慎思之、明辨之、篤行之。（《中庸》）

（二）目的之單純

㈠發憤忘食……不知老之將至。（〈述而〉）

㈡學如不及，猶恐失之。（〈泰伯〉）

㈢朝聞道，夕死可矣。（〈里仁〉）

㈣不患人之不己知，患其不能也。（〈憲問〉）

㈤古之學者為己，今之學者為人。（〈憲問〉）

（三）尋證據，求真理

㈠學而不思則罔，思而不學則殆。（〈八佾〉）

㈡多聞闕疑。（〈為政〉）

㈢道聽而途說，德之棄也。（〈陽貨〉）

㈣夏禮，吾能言之，杞不足徵也，殷禮，吾能言之，宋不足徵也，文獻不足故也。（〈八佾〉）

㈤子不語怪力亂神。（〈述而〉）

㈥敬鬼神而遠之。（〈雍也〉）

（四）範圍之確定

㈠樊遲請學稼，子曰，「吾不如老農」；請學為圃，曰，「吾不如老圃」。（〈子路〉）

㈡俎豆之事則嘗聞之矣，軍旅之事，未之學也。（〈衛靈公〉）

㈢加我數年，五十以學《易》。（〈述而〉）

㈣未能事人，焉能事鬼……未知生，焉知死。（〈先進〉）

㈤女以予為多學而識之者與，予一以貫之。（〈衛靈公〉）

（五）方法之切近

㈠溫故而知新。（〈為政〉）

㈡學而時習之。（〈學而〉）

㈢默而識之，學而不厭。（〈述而〉）

㈣工欲善其事，必先利其器。（〈憲問〉）

㈤視思明，聽思聰……事思敬，疑思問。（〈季氏〉）

㈥博學而篤志，切問而近思。（〈子張〉）

（六）研幾探微，類族辨物

㈠仰則觀象於天，俯則觀法於地……近取諸身，遠取諸物。（《易・繫辭》）

㈡形而上者謂之道，形而下者謂之器，化而裁之謂之變，推而行之謂之通，舉而措之天下之民，謂之事業。（〈繫辭〉）

㈢微顯幽闡。（〈繫辭〉）

㈣原始要終以為質也。（〈繫辭〉）

㈤引而伸之，觸類而長之，天下之能事畢矣。（〈繫辭〉）

孔子雖沒有居科學家之名，但他所治之學與其所以治學，卻處處合乎現代科學的原理。他不主觀，不迷信，尋證據，求事實，分析歸類，質疑實驗，凡現代的科學方法，他都能用到。他說，「毋意、毋必、毋固、毋我」，這便是他的不主觀；他說，「敬鬼神而遠之」，又說，「未能事人，焉能事鬼」，這便是他的不迷信。他說，「多聞闕疑」，又說，「好古敏以求之」，又說，「道聽而途說，德之棄也」，這證明他如何重視證據和事實。他說，「微顯幽闡」，「類族辨物」，「研幾探微」，「窮理盡性」，

「探賾索隱」，「鉤深致遠」等等，這些便是他的分析歸類，質疑實驗的功夫。

孔子雖不是一位科學家，卻有現代科學家的智慧與作風。他若生在今日一定會了然於自然科學與生活的重要關係，並且積極予以提倡，但他自己不一定也成為一位自然科學家。他會知道愛因斯坦所事者為何，而自己不一定亦成為一位愛因斯坦。孔子於科學的造詣，雖其入室弟子，也不能窺見其底蘊。故子貢曰，「夫子之文章可得而聞也，夫子之言性與天道，不可得而聞也。」（〈公冶長〉）「性」蓋即指物理，「天道」蓋即指自然。

仁與科學　孔子談倫理，用一仁字；論民主，也用一仁字；現在講學，仍用一仁字，可謂「一字訣」。他說，「予一以貫之」，又說，「吾道一以貫之」。曾子闡述之曰：「夫子之道，忠恕而已矣」。（〈里仁〉）忠與恕都是處世的道理，是仁的作用。學問事業，離不開這個仁字。子夏曰：「博學而篤志，切問而近思，仁在其中矣」（〈子張〉）；又曰，「賢賢易色，事父母能竭其力，事君能致其身，與朋友交，言而有信，雖曰未學，吾必謂之學矣」。（〈學而〉）事君，事親，交友是倫理，也是學問，因為，為學所以致用，故學問即在日常生活中。明朝儒者陳白沙曰：「廣大高明，不離乎日用」。王龍谿曰：「醫家以手足痿痺為不仁，蓋謂靈虛有所不貫也，故知之充滿處即是仁。」劉三五曰：「仁、知之生生與物同體者也。」

由是徵之，孔子之言仁，亦即是道學，道學亦即是崇仁。

五、結　論

孔子精神　孔子是生在二千年前的大聖人，二千年後的今日，人們仍追思仰慕，猶若他還活著一樣。但是時代不同了，我們必須追隨時代，否則便會落伍。孔子是聖之時者。他說：「逝者如斯夫，不舍晝夜」（《論語・子罕》），又說：「後生可畏，焉知來者之不如今也。」（《論語・子罕》）由此可見孔子做學問功夫時勇往直前的精神。可惜我們後人只知保守著先聖傳下這一份遺產，而沒有把握住他的精神，迎頭趕上時代，以至與今日的西方文明對照，不免相形見絀。這是後人的不長進，豈是孔子之咎？

今日孔子　我們今天所討論的不是在頌揚生在二千五百年前的孔子是如何偉大，應該怎樣去效法他，而是要問孔子如生在今日，他一定會成為何等樣的人物，將怎樣來教導我們。今天的聖人與過去聖人，觀念上有別。現代學問的範圍擴大，包羅萬象，在孔子時代，一般士大夫所不屑去學的科目，今天都成為大學問。所以，在知識方面說，今天個人無論造詣如何深遠，已不能獨立成為一位聖人。今天的聖人是一所規模閎大，設備完善，圖書充足，學者會集的大學校，惟有如此一個抽象人格，才配得上稱為「聖人」，其中構成份子，分拆開來，都不能發生作用。愛因斯坦是一位學者，不是聖人。今天倘仍有所謂聖人，那一定不會是在一枝一節，一科一目上有特別成就的人，而應該是一位對民族有特殊功勳，對文化有特殊貢獻的人物。假使我們今天也要有一位與孔子相等的聖人，若此便是現代的聖人了。

肆、言論自由與民主

言論自由是民主國人民的基本權利中最重要的一項，所以，不談民主則已，談到民主就必然要聯想到言論自由，彷彿二者是不分家的。究竟言論自由與民主政治的關係怎樣，論者往往在其程度上有歧異的見解。對於此點，闡明得最為精確明瞭的，要推法國的伏爾泰 (Voltaire)。他說，「何謂民主？民主就是這樣一回事：你的言論，我沒有一句不反對，但是你的發言權，我卻要拼了命來替你保障的。」(Democracy—I disagree entirely with what you say, but defend with my life your right to say it.) 民主政治與言論自由的關係於此可見。在共產國家，人民的行動和言論（尤其是言論）受政府嚴密的監視與管制，當然談不到自由，因而也說不上民主。英美等國雖在作戰時期仍許人民於無妨於國防大計的範圍內有充分的言論自由，所以這些都可稱為民主國家。大凡民主國家無不重視言論自由。美國麻州 (Massachusettes) 一七七八年的憲法因漏列關於言論自由的條文而未獲通過。美國聯邦憲法的追認，以其有言論自由的保障為條件，因而於一七九一年第一次憲法修正案內重申其保障，法文略云：「國會不得制定減削出版自由……之法律。」有人說第二次世界大戰是民主和非民主兩種政治思想的鬥爭。因而言論自由也就是民主集團作戰目標之一，後來民主陣線打了勝仗，在一方面觀察，也可算作言論自由獲得了勝利。美國故大總統羅斯福先生在一九四二年二月二十三日的廣播演說中主張四項自由（Freedom of speech, freedom of religion, freedom from want, and freedom from fear），而以言論自由列為第一。記得戰事結束未久，美國政府發言人聲言美國願扶助言論能得自由的國家，使之迅速甦復云云。這些事實都足資以說明言論自由在第二次世界大戰中所具的意義。

言論自由不過是人民種種自由中之一種，而現代民主國家偏將這一項看得如此嚴重，理由何在呢？扼要地說，民主政治的運用，雖有各種方式，而以言論自由之有無保障為其樞紐。倘使言論不能自由，便無從發動正常的輿論，沒有正常的輿論，便不能行使選舉、罷免、創制、複決等直接政權而實施真正的民主政治。所以，言論自由尺度的寬狹是民主政治的寒暑表，尺度愈寬愈民主，尺度愈狹愈不民主。

邇來舉國上下莫不高唱民主。惟提倡民主未可專重形式而忽略實際。實行民主雖云頭緒萬端，實際卻甚簡易，首要一點無非在使言論有真正之自由，假使我們在言論自由一方面，多用工夫，做到政府能尊重人民的言論自由，而人民也能互相尊重彼此的言論自由，如此，在第一階段上說，政治已經是民主了。得其端倪，其餘種種，如繅絲抽繭，應非難事。至於管理公共事務，應該屬於政府的職掌。現代科學進步，生活情況複雜，行政業務，五花八門，各有專長，不是人人所能擔當，自宜委任有特別能力或有專門技術的人們去支配管理，即所謂專家政治是。國父創權能判分之說，「人民有大權，政治有萬能」，意旨即在於此。民主的意義是說人人可以管政府，不是要人人去做官。假使我們對於政府的職位自不量力，你搶我奪，勢必弄成烏煙瘴氣，一團糟糕，殊與民主的意義相背。孫行者大鬧天宮時，奪了玉皇大帝的寶座說：「交椅輪流坐，明年我為尊」，好像如此才是民主。其實玉皇的久占寶座固然不民主，而孫行者想取而代之，其動機也不民主。說一句癡話，假使七萬萬人民，每人得輪流做一天大總統，我要準備活約二百萬年，才可能有輪到的一天，豈非荒唐？

言論自由在我國是一個新興的問題，但在歐美各國卻是數百年來的一個爭端，說來話長，只得簡敘一下，以明梗概。歐西人民可謂自始未有自由，一舉一動無不受有拘束，言論更不用談了。在歷久的壓迫下，漸起反抗，隨著民主思想的發達，喊出不自由毋寧死的口號，革命流血，再接再厲，才有今日的成就。但是時至今日，其所加於個人自由的限制還是較之吾國為多。其在往日，言論之涉及政治或宗教問題者固在取締之列，即關於哲學科學之理論學說，如與當時一般見解相背，亦往往斥為異端 (Heresy)，釀成訟獄，西洋歷史上此種記載數見不鮮。英國是歷史最悠久的民主國，在一七〇〇年已行代議制，但是當時議院的辯論卻不許任意刊布。愛德華蓋佛 (Edward Cave) 在《紳士雜誌》(*Gentlemen's Magazine*) 裏刊載此項消息，便以侮蔑議院的罪名被控入獄。後來威爾克 (Wilke) 假託小人國 (Lilliput) 的故事，刊布議院辯論的要旨，以避法律。如此反替他在文壇上造就了很大的名望。一八四三年康貝爾的誹謗法案 (Lord Campbell's, Libel Act) 成立，許以真情實據為誹謗的辯護 (Truth as a defense to criminal libel)，言論的範圍於是放寬。接著，於一八五五年廢止書報稅法，一八六九年廢止新聞紙及印刷品管制法，漸漸地一般人相信真理是要經研究而能得到的，討論得愈詳細，愈見得真實。關於政治問題，尤須公開批評。此種批評是人民實行監督政府的唯一手段，洵於國家有利而無弊。美國自始以民主姿態出現於世界政治舞臺，故無論聯邦憲法或州憲法都給言論自由以明確的保障，但事實上卻也不免有多少波折。一七九八年為防止外國革命思想之蔓延，制定處理外國人及叛亂法 (Alien and Sedition Act)，嚴厲地禁止譭謗政府之著作而懲罰其著作人，直至傑佛遜總統 (President Jefferson) 任內始予廢止。在第一次世界大戰時期，亦曾對親德主義及俄國革命學說的宣傳加以禁止。一九一七年制定的間諜法 (Espionage Act)，及一九一八年制定的叛亂法 (Sedition Act)，其嚴峻與前之處理外國人及叛亂法相等，有很多人因是被控入獄，甚至學校用的課本及教材都要經審查。記得在四十年前，美國某處一所大學請一位學者演講進化史，他指出人類的祖先是猿類而非上帝，因而引起軒然大波。那處人民虔奉宗教，教會勢力膨脹，大家斥責這種學說為褻瀆宗教，人類不認神聖的上帝為父，而把下賤的畜類看作祖宗，真是妄自菲薄，大逆不道，結果對那位學者提起訴訟。可見英美雖號稱先進國家，而其人民的言論實在並不充分自由，箝制言論的不但為法律和政府，就是保守的思想和妄從的輿論也隨時隨地在作祟。吾國在秦漢以前，言論原極自由，諸子百家，標新立異，各樹一幟。秦漢以後，言論雖不似先前之放任，但亦僅於政治方面有所限制，倘不牽涉帝王權貴，其餘關於純粹學術方面的言論還是可以盡情抒發，鮮有禁止。所以，中國是言論最自由的國家。假使在中國有言論不自由的情形，那是因為言論太自由的結果。倘我們有暇到茶坊酒肆裏去消磨半天，便可聽得各種言論，有時慷慨激昂，淋漓盡致，甚至一言不合，拔劍相向，事所常見，可是表演雖極精彩，實際都不認真，言者姑妄言之，聽者姑妄聽之，說過聽過，一切完事，於政治經濟學術思想全然不生影響，因為不生影響，所以政府認為這些言論都無害處，毋須禁止。「笑罵由他笑罵，好官我自為之」，不理不睬，自然煙消雲散，平靜無事。英美人的作風便大不同，假使看一場戲要納百分之四十的捐，吃一杯牛奶要抽百分之三十的稅，早會有人站在劇院或食堂旁邊演說攻擊或在報章雜誌著文批評，而政府也要躊躇考慮了。在英美等國，言論會發生作用，所以限制多，而大家希罕言論自由。在中國言論不發生作用，所以限制少，而大家不希罕言論自由。從前者觀，言論自由的範圍愈寬大，自然愈民主，從後者觀，言論自由的範圍雖寬大，還是不民主。理由何在呢？其關鍵在人民本身，假使人民對於民主政治認識不清楚，對於公眾利益不關切，自然不會理解言論自由的重要性而善為利用這個民主政治的工具。結果所至，言論自由與民主政治竟會脫節，背道而馳。

如今我們要談民主，第一要將沒有羈束的言論納入正軌，使能發生作用。在目前的情況下，我們不必要求更寬大的言論自由，卻要將現有言論自由自動的加上一個限制（不是指法律上的限制，因為法律上的限制早已有規定了）。如此，不是有人要問，你們不談民主，我們原很自由；現在談了民主，我們反受拘束了。須知沒有限制的自由，是原始時代的自由，結果會使強者有自由，弱者無自由。有限制的自由才是文明社會的自由，是平等的自由，平等的自由是說每個人有定量的自由，不多不少，恰到好處。自由的妙處便在這個由民主意識而產生的限制。關於言論自由，茲依常識略舉數端，俾國人在實行民主之際，藉以檢束：

（一）要尊重他人的言論自由　我們欲珍惜自己的言論自由，首先要知道尊重他人的言論自由，這是理所當然的。伏爾泰說，我儘管不贊成你說的話，但是你的發言權是我要尊重的。這樣才是民主風度，這樣才能推行民主政治。若干年前，在所謂「政治協商會議」結束後，幾位熱心人士在重慶召開民眾大會，慶祝「協商」成功，同時也無疑地旨在試行民主，不料結果卻演出一場大武行，弄到涉訟法庭，啼笑皆非。究竟當時經過如何，因未身歷其境，無從臆斷，惟就搶奪話筒（麥克風）一事而觀，不禁感慨系之。此幕可稱為「言論自由之鬥爭」，好像話筒搶得，言論自由便可獨占，他人不得染指。假使言論自由可以如此奪取，那末螳螂背後還有黃雀，言論愈自由，恐怕政治會愈不民主。民主國人民自身要有鐵一般的紀律來約束，不可自亂步伐。言論自由，正如他種自由一樣，是相對的而不是絕對的，惟有在互尊的條件下，才能獲得保障，亦惟有在這同一的條件下，才能發生功用。我們在實行民主之際豈可不加審慎？

（二）要重公益而不可爭意氣　民主政治是指人民大家來管政府，而其主要的工具則為言論。所以我們的言論要重公益而不可爭意氣。重大的事情，如外交國防政治經濟等等，假如政府管理不當，我們自須指摘批評，就是細微的事情，如地方治安，公共衛生，也是我們說話的資料。不要以為於自己無影響或者影響不大，便漠然置之。各人自掃門前雪，不管他人瓦上霜，不是民主的作風。但有一點必須注意，言論自由斷然不是指言論的放任，不要以為有了言論自由，便可任意誹謗或損害人家，我們還得要自負法律上的責任。我國法律關於誹謗事件雖也採取 Truth as defence（以真實為辯護）的原則（刑法第三百十條第三項），但是決不是真實都可資為辯護，中間還要有一個分際。譬如，有一個現行竊盜犯，你追蹤著呼他為賊，倘他告你妨害名譽，你自可以真實為辯護。但是在他被判罪處刑，期滿出獄以後，倘你當眾罵他為賊而他告你妨害名譽，你就無話可辯，因為前者是無惡意的，後者是有惡意的，情節有所不同。我們不希望人家謾罵我們，便不可謾罵人家。己所不欲，勿施於人，古有垂誡。這也就是民主生活必要的條件。還有更要緊的一層，自己的主張不必強人從同。須知說不說是我的自由，聽不聽是人的自由。假使立場正——就是重公益而不爭意氣——不怕人家不聽，反之，縱然千言萬語，舌敝唇焦，也沒法使人相信。林肯說：「你可能欺騙一地方人，一時代人；但是你不能欺騙全世界人，全時代人。」不要以為打了人家或罵了人家，人家便會聽從你。只有癡人才有這種癡想。

（三）不可妨害公共秩序善良風俗　民主國家的人民應有充分的言論自由，而言論的範圍應該是屬於公的。但要注意，在行使這個特權時，不可因這個公益而妨及另一個公益。英國在海德公園（Hyde Park）裏，任何人可以集眾演說，批評國策，討論政治，因為在這場所不會妨礙公共秩序。若在通衢大街也如此做，警察便會來干涉禁止，但是他所干涉的不是你的言論自由，而是你的妨礙交通，因為這種地方不是集眾演說的適當場所，他有更重大的公益上的理由，可以有權來干涉。從而，言論之有挑撥性而足以刺激公眾情緒，發生社會擾攘，或妨害善良風俗者，均為法律所不許，負有治安責任者都有權可以禁止。前已言之，民主國家人民自身要有鐵一般的紀律，倘將這個神聖的特權濫用了。結果會削弱它的效力，妨害它的運用。

（四）不可損害國家民族　「國家至上，民族至上」，是有國家的民族，及成民族的人民都應該認識的要義，故發表言論，要以國家民族為前提，不可損害其利益，我們要求言論自由，也無非要達到這個目的。準是，關於政治的言論必須是建設性的，先破壞而後建設在理論上或能成立，但是破壞究竟是慘痛的，假如不經破壞而逕行建設，豈不更好？民主政治是不斷的在革命過程中，而這種革命是不破壞不流血的，過去英國工黨阿特里(Atlee)上臺，及以後工黨與保守黨更番執政，便是一個頂好的例子。所以民主到了頂點應該自始是建設性的。我們儘可努力創造新局面。假使新局面是好的而得到大多數人民的接受信仰，舊勢力自然會被淘汰。在國家至上，民族至上的原則下，以鎮定冷靜的態度推行民主，便能達到革命的一切目的。千萬不可給雄辯煽動了情感，給情感奪去了理智。(Eloquency may set fire to reason.)

民主是目前世界各國一致的政治趨勢，步調容有快慢，歸途卻是一樣。如今我們要行民主，第一須在言論自由一點上做工夫，前已申論。顧言論有兩方面，即⑴發表，⑵傳播。二者須相輔為用，假使任何一方面有缺陷，言論自由便不完全。現在因印刷術的進步，及傳播的迅速廣泛，言論要藉新聞紙及電傳來發揮，海德公園的演說已不能發生甚大的作用。關於取締出版及限制傳播的法令在多數國家雖已取消，但是因為新聞與電傳是大資本的事業，終至有錢有勢的少數人能享有這種便利，可以自由發言，一般民眾還是畫餅充飢，望梅止渴。一九三四年檀香山大罷工，納倫氏(Francis Neylan)

受資方的委託，利用新聞紙，為歪曲的報導，使之平靜，可見其壟斷的程度。總之，我們還須努力，非至新聞絕對自由，上至達官富商，下至販夫走卒，人人有發言的均等機會，並且非至報館和通訊社電臺不被少數官僚及資本家把持操縱的時候，言論自由還是不完全，民主還未達到化境。所以，現今的問題不是在言論能否自由，而在言論如何脫離資本家及官僚而獨立。我國在實行民主之時，如有直線可循，宜預先注意，勿蹈歐美各國的覆轍。

行萬里路，讀萬卷書

◎三民叢刊*174*

風 景

韓 秀 著

作者以雅典為起點，發足飛奔。大海、沙漠、長河、群山、大城與小鎮，幻化成多變的風景，引人陶醉；臺灣、大陸、美國、希臘、埃及與匈牙利，不同的文化氛圍令風景更為壯麗，人類共通的情感則激盪出奇瑰的篇章，譜成這部令人不忍釋手的絕妙《風景》。

◎三民叢刊*180*

蘭苑隨筆（經典重刻）

鍾梅音 著

鍾梅音的散文風格向以溫情委婉著稱。本書可為其例證，不論是生活感懷，還是異國人文與風采情調，或東南亞諸國的歷史巡禮，我們都可從精鍊的文字中凝聚起豐富的想像，從娓娓的筆觸中感受到恬靜雅致的情懷。《蘭苑隨筆》寫的不僅是作者個人的見聞，也記憶著那已經逝去的純真美好歲月。

◎三民叢刊*241*

過門相呼

黃光男 著

以畫家之筆寫景記聞，黃光男熔寫景、敘事、議論、抒情於一爐，除側寫世界各地的風光景致、民俗風情之外，更將人文精神與藝術關懷投注在字裡行間，讓歷歷如繪的文境與意境喚發心靈的感觸；細細品味後，宛如可以在物景流動的塵世中駐足片刻，體驗那「過門更相呼，有酒斟酌之」的詩境。